50 centimes l'Ouvrage complet. "In Extenso"

J.-H. ROSNY
DE L'ACADÉMIE GONCOURT

LES TROIS RIVALES

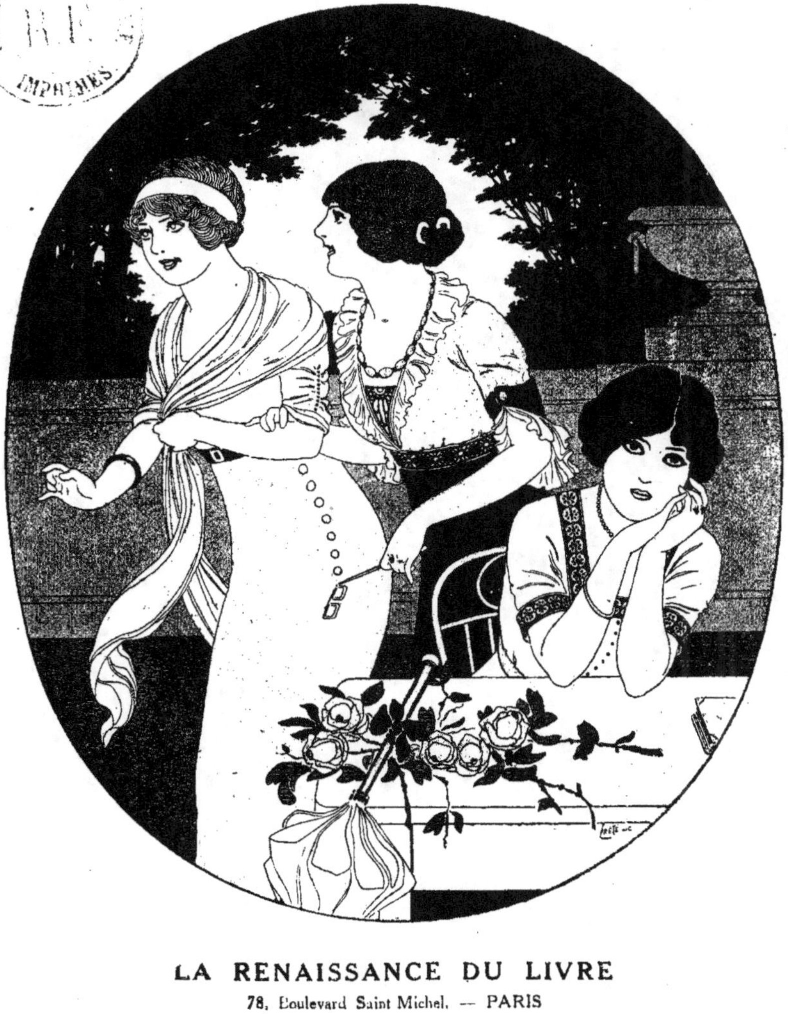

LA RENAISSANCE DU LIVRE
78, Boulevard Saint Michel. — PARIS

LES

TROIS RIVALES

J.-H. ROSNY
DE L'ACADÉMIE GONCOURT

LES
TROIS RIVALES

ROMAN

PARIS

LA RENAISSANCE DU LIVRE

78, BOULEVARD ST-MICHEL, 78

J.-H. ROSNY

Les frères J.-H. Rosny sont nés à Bruxelles, en 1856 et 1859, d'une famille d'origine française, hollandaise, belge et espagnole. Ils firent leurs études à *l'Athénée* et à *l'École Normale* de Bruxelles. Paris exerça son attirance sur eux et toute une série de romans composés en collaboration, ne tarda pas à les mettre en première ligne des maîtres du roman moderne; car les frères Rosny ne commirent pas un de ces accouplements littéraires qui font germer le plus souvent un sourire, l'œuvre de ces esprits vigoureux fut une œuvre de force qui marque dans la voie si difficile et si encombrée du roman une étape brillante.

Nell Horn; *Le Bilatéral*; *Les Xypéhuz*; *L'Impérieuse Bonté*; *Marc Fane*; *Daniel Valgraive*; *Vamireh*; *Eyrimat*; *Résurrection*; *Un Autre Monde*; *L'Indomptée*; *Une Rupture*; *L'autre Femme* (Édité à la *Renaissance du Livre*); *Les Ames perdues*; *Une Reine*; *La Charpente*; *Thérèse Degaudy*; *La Luciole*; *Les deux Femmes*; *Le Chemin d'Amour*; *Un double Amour*; *Sous le fardeau*; *Contre le sort*, tels sont les principaux titres de leurs œuvres et dont le plus grand nombre fut le résultat de leur collaboration.

Selon la divise de Stendhal : « Voir clair dans ce qui est », J.-H. Rosny surent faire planer, par-dessus une sentimentalité délicate et une fine psychologie, cette conception, ce sens averti de l'épisode que nous ne saurions trop remarquer chez eux.

Jamais de ces situations fausses ou embarrassées qui laissent toujours entrevoir l'inspiration trop courte.

Une science parfaite de la langue leur permet de choisir avec beaucoup de bonheur l'expression juste, le terme exact s'accordant avec le personnage ou la situation, et leur style en est plus vigoureux, plus chaud aussi, sans perdre du reste quoi que ce soit de son élégance.

C'est cette belle variété de qualités qui a ouvert aux frères Rosny les portes de l'Académie Goncourt et a fait naître une renommée qui auréole leur nom d'un si vif éclat.

On peut voir certains ouvrages signés J.-H. Rosny aîné ou J.-H. Rosny jeune, ceux-là ne sont plus le résultat de la collaboration des deux frères et, si la facture et le genre adopté diffèrent, ils ne restent pas moins dans l'un ou l'autre cas des œuvres excellentes.

LES TROIS RIVALES

PREMIÈRE PARTIE

I

M. de Nauteuil examina longuement son visage dans le petit miroir d'argent qu'il tenait toujours auprès de lui, puis il retira le thermomètre qu'il s'était glissé sous l'aisselle et murmura :

— Trente-huit !...

C'était un petit vieillard décharné comme un fakir, les yeux étincelant d'un feu vert, la bouche maigre et cruelle. Il se tourna vers un jeune homme qui était à côté de lui et dit sèchement :

— Hubert, mon garçon, je serai mort avant trois heures du matin.

Ces paroles, que rien ne faisait prévoir, car Nauteuil s'abstenait rigoureusement de faire allusion à sa maladie, émurent le jeune homme jusqu'aux larmes. Il prit la main de son oncle et balbutia :

— Non ! non ! vous guérirez au contraire... le docteur est plein de confiance !

— Le docteur fait son métier ! répliqua durement Nauteuil.

Et comme son neveu lui serrait la main, tendrement :

— Allons ! laisse-moi mourir comme j'ai vécu... Ne dépense pas un attendrissement inutile. Je ne le mérite pas. J'ai vécu sans affection. Je suis un solitaire, un de ces êtres qui n'aiment pas et qu'on ne doit pas aimer. Cela n'est ni bien ni mal : c'est un état de cœur... aussi fatal que le cours des astres.

Il retira sa main et prit un petit buvard sur la table :

— Il y a deux plis là-dedans, et un télégramme. Le premier des plis contient mon testament. Le second renferme des instructions pour mon notaire. Quant au télégramme, il appelle au château un homme à qui j'ai une vieille dette à payer. Tu feras envoyer le télégramme tout de suite, afin que M. de Moreuil puisse être ici demain. C'est à lui qu'il faudra remettre le testament, devant le notaire, à qui tu auras, cela va sans dire, confié auparavant le second pli. C'est tout ce que je désire. Je sais que tu exécuteras fidèlement mes instructions. Cela aussi est fatal : tu es honnête comme l'eau des sources est claire. Adieu. Laisse-moi maintenant mourir en paix. Personne ne doit plus pénétrer ici... qu'Auguste et le docteur... Adieu, mon garçon !...

Hubert tourna vers le vieillard un visage suppliant. Mais l'autre eut un geste d'impatience :

— Là ! laisse-moi... J'ai besoin d'être seul ! Ne reviens plus ici !

Le jeune homme sortit et se retira dans sa chambre.

Un crépuscule de fin du monde apparaissait sur la vitre. Le vieux parc, enveloppé de lumière rouge, bruissait lamentablement. Le vent poussait d'immenses nuages vers l'agonie du soleil et il s'exhalait du couchant une lueur assourdie, une lueur de fournaise presque éteinte, sur des monts de houille et des cités croulantes. Il faisait chaud. L'orage commençait à ramper le long des nimbes ténébreux ; des jets de flamme équivoque palpitaient sur le bord mauve des collines.

Hubert de Sauvaize ouvrit la fenêtre.

Le crépuscule et l'orage remplissaient l'espace de rêves. Le jeune homme les respirait. Il débordait de vie magnifique ; tout son jeune et beau corps aspirait au mouvement, au voyage, à l'action. Il était de ceux qui, à vingt ans, sont prêts pour dix destinées : toutes les aventures des hommes semblent condensées dans leurs âmes. Après qu'il eut goûté longuement l'air électrique il rentra dans la chambre. Un domestique lui apporta une lampe, et il revit le buvard que lui avait confié son oncle.

Sa destinée était contenue là-dedans. Puisque M. de Nauteuil avait fait un testament, c'est que, du moins en partie, il déshéritait son neveu : par la nature des choses, celui-ci était le seul héritier du comte.

Hubert ne songea d'abord qu'au pauvre homme qui allait mourir dans une chambre voisine. Il le plaignait sincèrement. Mais au fond, il ne l'aimait guère. Il eût été absurde qu'il l'aimât : M. de Nauteuil avait découragé toute velléité de tendresse par une attitude dure, indifférente, sardonique. A la vérité, il avait recueilli Hubert, mais le mois précédent il avait présenté des comptes de tutelle, parfaitement en règle, où les moindres dépenses du jeune homme étaient retenues. Or, Nauteuil était sept ou huit fois millionnaire, et Sauvaize ne possédait pas cinquante mille francs. Ce dernier trait avait montré l'oncle sous un jour assez odieux pour diminuer encore la mince affection que, péniblement et par devoir, Hubert s'était efforcé d'éprouver pour son parent.

Aussi, après un moment d'apitoiement, où l'horreur de sa jeunesse pour la mort avait une part prédominante, Sauvaize se préoccupa du testament. Était-il déshérité ? Perdait-il cette fortune dont tout avait fait prévoir qu'il hériterait, ou n'en perdait-il qu'une partie ? Hubert, comme tous les êtres ardents et imaginatifs, aimait l'argent; non point l'argent même, ce qui est un cas pathologique, mais parce que l'argent est, avec l'amour, la grande féerie humaine. Il n'y a qu'un seul moyen, en somme, d'obtenir l'équivalent du miracle, de goûter tout ce que l'intelligence, la force et le vouloir humains ont accumulé depuis des siècles : c'est de « payer ». Le personnage qui « peut payer » tient la baguette mystérieuse; c'est le magicien moderne :

— M'a-t-il vraiment déshérité ? murmura le jeune homme... Ou m'a-t-il seulement enlevé un gros morceau ? Et s'il m'a déshérité,

pourquoi ? Il n'aimait personne. A la vérité, il ne m'aimait pas non plus — mais il n'avait contre moi aucun sentiment de haine. Je lui étais indifférent — comme tous les autres. Alors ?

Il ouvrit le buvard, regarda les enveloppes. Il lui était loisible de les anéantir, et alors toute la fortune lui revenait naturellement. Le télégramme même ne le trahirait pas : il était parfaitement sûr que l'oncle n'avait fait part d'aucun projet à personne. Alors, lorsque M. de Moreuil se présenterait le lendemain, il suffirait de laisser croire que le mourant espérait encore le recevoir lui-même. Hubert relut le télégramme :

« Comte de Moreuil,

« Château des Aulnes, par Château-
« Ferrand.

« Veuillez venir immédiatement au château
« de Nauteuil, pour affaire qui vous concerne.
« Très urgent et très important.

« NAUTEUIL. »

Ce libellé permettait toutes les explications.

Hubert sonna et donna l'ordre au domestique d'aller porter le télégramme au bureau d'Amel :

— Vous payerez l'exprès, lui dit-il...

Et il se remit à rêver devant les deux enveloppes.

Elles n'étaient pas cachetées et même la principale, celle du testament, n'était pas fermée avec beaucoup de soin. Hubert songea qu'en l'exposant à la vapeur d'eau, rien ne serait plus facile que de l'ouvrir et de la refermer, sans laisser aucune trace. C'était presque légitime. Car enfin, de quel droit lui confiait-on à lui, héritier légal, un testament qui ne pouvait être, en tout ou en partie, qu'une spoliation ? Un acte aussi absurde, aussi inutilement cruel, méritait toutes les représailles. Même l'anéantissement des pièces serait un péché véniel que, sûrement, tous ceux qui ont un peu fraudé en douane — et c'est presque tous ceux qui voyagent aux frontières — jugeraient excusable.

Mais aucun argument ne pouvait convaincre Hubert. Le sentiment qui prédominait était plus fort que des principes : c'était un sentiment de propreté intérieure, l'impossibilité de trahir la confiance qu'on avait mise en lui.

— Eh ! s'écria-t-il avec humeur, quand il sera mort, quelle confiance puis-je encore trahir ? On ne trompe pas le néant.

La fièvre brûlait ses tempes. Un pressentiment lui disait que sa vie, son bonheur, mille choses belles, étincelantes, exquises, tout était sacrifié dans ces enveloppes obscures.

Il les palpa, il les retourna machinalement, puis, prenant enfin son parti, il alla ouvrir un petit secrétaire, enferma très soigneusement son dépôt et se dit :

— *Alea jacta est !* S'il faut être pauvre, on sera pauvre.

Mais il lui était horriblement dur d'être pauvre.

Comme il l'avait prévu lui-même, M. de Nauteuil mourut dans la nuit. Cet événement émut tout de même Hubert, et ne laissa pas indifférents les domestiques. Non que ceux-ci eussent la moindre affection pour leur maître : ils le haïssaient plutôt — mais les gages étaient bons et le service de l'égoïste personnage peu difficile. Pour être sûr que la besogne serait bien faite, que son confort serait strictement préservé, il exigeait peu de besogne — il voulait seulement que tout fût fait en perfection et qu'une ponctualité absolue présidât aux gestes de ses gens. Cette perfection et cette ponctualité obtenues, il ne demandait plus rien, — mais il ne manifestait jamais ni contentement, ni déplaisir, il traitait hommes et femmes comme des choses. A la faute la plus légère, on était congédié — à moins qu'il n'y eût force majeure, et l'on n'obtenait aucun éloge, aucune parole aimable, pas même un sourire, quelque soin qu'on mît à accomplir sa tâche.

Nauteuil n'avait aucune relation avec ses voisins. Il faisait chasser les pauvres impitoyablement. Il ne regardait jamais personne, et n'avait, depuis vingt ans, pas échangé dix mots en dehors des communications officielles avec la mairie et le receveur des contributions. Aussi sa mort causa-t-elle dans le pays une véritable joie qui prit, lors de l'enterrement, une allure cynique.

Vers deux heures de l'après-midi, M. de Moreuil, bientôt suivi du notaire, fit son apparition au château. Le notaire était un homme simple et doux, très honnête, qui ne tirait de sa charge aucun de ces bénéfices « de braconnage » qui sont le plus clair des fortunes notariales. Quant à M. de Moreuil, c'était une physionomie remarquable.

De taille gigantesque, avec ses yeux clairs et hardis, il rappelait ces âpres chefs scandinaves qui, pendant deux siècles, terrifièrent l'Europe. Quand il voulait, il donnait à son visage une telle impassibilité qu'on l'eût dit complètement insensible. Mais l'impatience, la colère, ou simplement l'animation allumaient ses yeux comme des aigues-marines au soleil et changeaient cent fois par minute l'expression de son visage. Son caractère correspondait à cette physionomie. Tantôt capable d'un empire complet sur soi-même, tantôt abandonné à des passions excessives, la haine et l'amour alternaient dans son âme. D'ailleurs, fastueux comme un barbare, généreux jusqu'à la folie, vindicatif et dévoué avec une égale violence, il ne pouvait demeurer longtemps indifférent à ceux qui le fréquentaient : il inspirait des affections vives et des craintes un peu haineuses. Cet homme, jadis riche à millions, n'avait pu garder sa fortune — et il se fût peut-être complètement ruiné s'il n'avait eu une fille. Pour cette fille, il s'était retiré à la campagne, il avait vécu comme un sanglier dans sa bauge, économisant ses revenus et les plaçant en assurances savamment combinées, si bien que, tout de même, la dot de Solange de Moreuil devait être honorable

— Messieurs, dit Hubert, après avoir salué les visiteurs, mon oncle m'a chargé de vous remettre ces plis.

— J'ignore à quel titre, remarqua le comte, M. de Nauteuil me mêle à ses dernières volontés. Je l'ai peu connu.

— Mon oncle, répliqua Sauvaize, parlait d'une dette...

Moreuil fronça les sourcils et dit d'un air mécontent :

— Il a fait un jour allusion à quelque chose de semblable... je n'ai pas compris. Je n'ai jamais rendu service à M. de Nauteuil.

Pendant ce temps, le notaire, obéissant à

l'instruction écrite au-dessus de son nom, avait décacheté son pli :

— Messieurs, dit-il, après avoir lu, il m'est simplement enjoint de suivre les prescriptions contenues dans le pli adressé à M de Moreuil...

— Pli que je dois ouvrir devant vous, intervint le comte. Voyons.

Il déchira lentement l'enveloppe, dans laquelle il trouva une seconde enveloppe et deux feuillets. Cette deuxième enveloppe portait en suscription : « A ouvrir le huit décembre mil huit cent quatre-vingt-dix-huit. »

— Dans six mois, grommela Moreuil. Nous nageons dans le romanesque.

Il déplia le premier feuillet et lut :

Codicille.

« Aux dispositions contenues dans mon « testament du cinq décembre mil huit cent « quatre-vingt-dix-sept, j'ajoute les clauses « suivantes :

« 1° Une pension viagère de douze mille « francs sera servie à mon neveu Hubert de « Sauvaize ;

« 2° Une pension d'égale somme sera ser-« vie au comte Jean-Antoine de Moreuil, en « paiement d'un service important qu'il m'a « rendu.

« Lesdites pensions seront payées le huit « mai de chaque année. La première année « est exigible immédiatement, et sera payée « par mon notaire, Maître Tardieu, aux in-« téressés.

« Fait à Nauteuil, le huit mai mil huit cent « quatre-vingt-dix-huit.

« Jacques-Auguste de Nauteuil. »

— Le roman se complique ! dit le comte avec un mélange de satisfaction et de contrariété.

Hubert était devenu pâle. La baguette magique lui échappait, heureux encore que le vieux sauvage ne l'eût pas condamné à la pauvreté noire. Et la lèvre ensanglantée par la pression convulsive des dents, il ne pouvait s'empêcher de se dire que s'il n'avait pas été un parfait imbécile, il posséderait la puissance prodigieuse pour laquelle se déshonorent les victorieux et se meurent les misé-

rables. Mais il sentait, hélas! que rien ne l'empêcherait, dans un cas identique, de recommencer sa sottise.

Cependant le comte avait lu le deuxième feuillet. Il le passa en silence à Hubert qui le parcourut d'un coup d'œil :

« Je demande à M. de Moreuil, avait écrit « le moribond, de donner pendant six mois « l'hospitalité à mon neveu Hubert de Sau-« vaize. Il n'aura pas à s'en repentir : Sau-« vaize est, par nature et par éducation, un « parfait honnête homme. Quant à mon « neveu, je désire et même je veux qu'il « accepte l'hospitalité de M. de Moreuil « pendant le temps indiqué. »

— Evidemment, murmura le comte avec un sourire nerveux, votre oncle s'est détraqué plus ou moins durant les derniers jours de sa maladie.

— Je ne crois pas, intervint doucement le notaire. M. de Nauteuil a conservé jusqu'à la fin la plénitude de ses facultés. Je pense qu'il a obéi à des considérations dictées par son caractère un peu sauvage et bizarre, mais parfaitement équilibré. M. de Nauteuil n'a jamais ressemblé aux autres hommes.

— Je m'en doute bien! répliqua Moreuil en allumant un cigare.

Il chassa pendant quelques minutes la fumée devant lui, pensif. Son visage avait pris cette excessive rigidité qui le faisait ressembler à un cataleptique. Ses yeux ne regardaient plus, pareils à des émeraudes ternies. Seules, sa bouche et la main qui tenait le cigare bougeaient, à intervalles réguliers, comme déclenchées par un mécanisme.

Le notaire, à l'exemple du comte, s'était mis à fumer. Il attendait, avec la patience indifférente qu'il avait acquise au contact des paysans. Quant à Hubert, il piétinait auprès de la fenêtre, las d'une nuit sans sommeil, énervé par son immense déconvenue. A la fin, Moreuil, regardant fixement le jeune homme :

— Je suis disposé pour mon compte, dit-il, à obéir aux vœux du défunt. Vous voudrez donc bien, monsieur, considérer à partir de ce moment ma maison comme la vôtre.

— Monsieur, répondit vivement Hubert, je crains que ce ne soit là pour vous une chose bien ennuyeuse. Mon oncle me paraît avoir excédé le droit d'abuser de la complaisance...

—... de ses héritiers! acheva Moreuil avec un sourire. A coup sûr, et sauf des motifs que nous ignorons, il abuse de la bonne volonté de son héritier naturel... qu'il semble déshériter — mais je ne me plains pas pour mon compte : vous serez le bienvenu aux Aulnes.

— Je vous conseille d'accepter, monsieur, intervint le notaire d'une voix douce. Par profession, je recommande toujours de se conformer, lorsque c'est possible, aux volontés des morts. Dans l'espèce, je ne puis croire que M. de Nauteuil vous déshérite aussi complètement que le codicille semble l'impliquer. Vous ne risquez rien en obéissant — vous pouvez risquer beaucoup en n'obéissant pas.

— Monsieur a raison, insista le comte, en voyant qu'Hubert hésitait encore — obéissons. Si ma demeure vous semble par trop déplaisante, il sera toujours temps plus tard d'aviser!

Ainsi circonvenu, le jeune homme finit par se rendre. Les différentes pièces laissées par le défunt furent remises au notaire et M. de Moreuil se retira dans l'appartement qu'Hubert avait fait mettre à sa disposition.

Resté seul, le jeune homme eut une crise de fureur. Il maudit le vieillard qui venait de mourir — il se sentit contre lui un peu de cette haine que tout le pays lui avait vouée. Puis les paroles du notaire lui revinrent. Un léger frémissement d'espérance agita sa chair lasse. Qui sait? Cet homme bizarre s'était peut-être complu à une sorte de mystification funèbre.

Et il fut curieux de revoir le mort.

M. de Nauteuil était en habit, sur un lit de parade. Son visage avait cette indéfinissable majesté qu'ont les visages des morts et qui n'est sans doute qu'une illusion due à l'horreur secrète, à la crainte mystérieuse que nous inspire le néant. Il semblait rajeuni : beaucoup de rides s'étaient effacées.

La bouche mince restait ferme comme elle l'avait toujours été et, par une des paupières invinciblement entr'ouverte, filtrait une lueur impressionnante.

Le jeune homme épiait avec effarement ce contenant vide d'une vie dure, égoïste, solitaire : les pommettes saillantes, le menton pointu, les petites mains sèches, duvetées de poil gris :

— J'aurais pu vous aimer! murmura mélancoliquement Hubert... J'étais seul, triste, pas méchant; pour quelques douces paroles, pour un peu de bonté, je vous aurais voué les sentiments d'un fils! Mais vous n'avez pas voulu.

Puis, devant ces traits âpres, il comprit que, même si Nauteuil l'avait *voulu*, il n'aurait pu être bon ; cet homme n'était pas plus fait pour comprendre la tendresse qu'un léopard pour se nourrir d'herbes :

— Adieu! fit doucement le jeune homme.

Une résignation lui était venue. Il regrettait encore la fortune, mais en somme, il était libre, avec la vie ardente de sa jeunesse, avec tous les imprévus qui font de chaque destinée un univers immense.

II

Le landau, au sortir du vieux parc qui sentait la feuille fraîche et le bois mort, monta par une allée de hêtres rouges, entre deux pelouses presque aussi sauvages que des savanes. Le château ruineux, déchaussé, grossièrement construit et réparé à l'aventure, se profilait sur une vaste terrasse, deci-delà illuminée de passe-roses, de lys, de dahlias, de tulipes, mais où la mauvaise herbe et la fleur vagabonde l'emportaient âprement sur ces filles du jardinage. Un chêne millénaire, étayé d'une boiserie vermoulue, poussait encore ses feuilles minuscules d'ancêtre; trois pièces d'eau bordées de grès, glauques et mornes, foisonnaient de lentilles, de nympheas, de sagittaires, de flouves, et se prêtaient à la navigation de quelques canards jaunâtres et de deux cygnes très vieux, étiques, dont l'un semblait éternellement mourir sur un îlot de pierre.

Une esquisse de dallage bordait le château proprement dit et les communs ; mais ce dallage, fendillé, raboteux, entremêlé de mousse et de folles herbes, n'avait rien de confortable. Un perron conduisait à la véranda — construction neuve et commode sur la façade disjointe — et que gardaient deux lions héraldiques, pareils à des caniches.

Au moment où le landau, après une courbe peu savante, s'arrêtait devant le perron, deux jeunes filles parurent. La vie éternelle parut avec elles, le luxe magique de la jeunesse et de la beauté.

Hubert de Sauvaize, que l'aspect mélancolique du parc et du château avait transi, se ranima à la vue de ces filles charmantes. Tandis qu'elles s'empressaient auprès du comte, il eut le temps de les examiner.

Elles avaient un air de famille, toutes deux allongées, souples, frissonnantes comme de jeunes peupliers, promptes et douées de cette élégance qui vient de gestes bien coordonnés, de mouvements rythmiques et aussi de la finesse des articulations. Mais leurs visages étaient très dissemblables. L'une, la fille de Moreuil, semblait comme son père une fille des Sicambres ou des anciens Rois de la Mer. Dans sa sauvage chevelure, le blond paille, l'argent, le cuivre, étincelaient tour à tour, selon les inflexions du cou. Les yeux distillaient un feu magnifique et jamais immobile, la bouche entr'ouvrait deux pétales où le rose des commissures se fondait rapidement dans une pourpre fraîche. Cette féerique créature avait quelque chose de tyrannique et de dur — une volonté forte animait ses tempes légèrement saillantes et le nez, un peu aquilin, exprimait l'orgueil et le mépris.

L'autre, la nièce du comte, était faite de plus de contrastes. La vie avait combiné en elle les beautés de plusieurs races. Ses cheveux poussaient comme des herbes de nuit, aussi fins et nombreux que des cheveux blonds, bleus lorsqu'ils réfléchissaient la lumière, noirs lorsqu'ils l'absorbaient. Son visage était ardemment pâle, sensitif, avec une bouche où le plus beau sang colorait des lèvres parfaites de grâce voluptueuse, et

des yeux tantôt frais et naïfs comme ceux des jeunes Irlandaises, tantôt dévorants de curiosité, de force amoureuse et d'impétuosité espagnole. Elle n'était peut-être pas plus souple que sa cousine, mais elle l'était tout autrement, douée du rythme mystérieux qui fait d'une démarche on ne sait quel poème enivrant, et que n'ont presque jamais les plus légères filles du Nord.

Hubert n'avait d'abord ressenti que l'éblouissement de ces personnes ravissantes. Mais il est rare que de telles présences n'éveillent pas très vite un sentiment douloureux, et comme un obscur désespoir, de la rancune, presque de la haine. Car, sauf chez des hommes très présomptueux ou des séducteurs trop experts, les belles jeunes filles évoquent l'impossible, mille choses irréalisables, mille rêves qu'on sait ne jamais devoir aboutir. Et pour Hubert, en outre, la fortune perdue lui interdisait tout amour pour la fille ou la nièce de son hôte.

Après la présentation, le comte ajouta avec un sourire :

— Monsieur de Sauvaize est notre hôte par testament. Il nous est légué pour six mois, et j'entends ne pas céder un jour sur mes droits !

Les jeunes filles regardaient Sauvaize avec cet air de moquerie légère où les unes cachent leur timidité et les autres leur premier mouvement :

— Si vous êtes un trappeur ou un misanthrope, dit Solange de Moreuil, cet endroit n'est pas pour vous déplaire... Nous vivons ici comme les ours des cavernes !

Clotilde de Leuze ne dit rien. Son regard s'était posé deux secondes sur Hubert, puis elle avait paru absente, comme plongée dans un rêve.

Il y eut alors cette nervosité, confusément hostile, qui vient autant de l'embarras de ne savoir que se dire, que d'une sorte de trouble dans l'atmosphère magnétique qui enveloppe les êtres. Toute présence nouvelle est une menace :

— Ma fille a raison, fit gaiement Moreuil... nous menons une vie sauvage — mais c'est plutôt la vie des arbres que la vie des ours.

— Non ! intervint vivement Clotilde...

vous n'êtes pas assez inoffensif pour être comparé à un noble chêne ou à l'un de ces beaux hêtres rouges. Vous aimez le meurtre, vous êtes un assassin de bêtes ! Ce vieux parc et vos bois pourraient être un asile sacré de la vie. Vous en faites des lieux d'horreur et de supplice !

— Ah ! tu n'y entends rien, riposta So-lange... La chasse, comme la guerre, pré-serve la vie ! Ce n'est qu'en apparence que le chasseur ou le soldat détruisent. Nos bois n'ont-ils pas gardé leurs chevreuils, leurs lapins, leurs oiseaux — même des cerfs et des sangliers ?

Clotilde se mit à rire, d'un rire un peu factice :

— Toi aussi, tu aimes la tuerie ! fit-elle... La guerre est avec toi !

— La guerre est magnifique ! s'écria Solange en riant à son tour. Tout déchoit sans elle !

Sur les visages rieurs, une animation secrète se faisait jour : on sentait la lutte de deux natures ardentes qui, pleines d'affec-tion l'une pour l'autre, n'avaient ni les mêmes goûts, ni surtout les mêmes dégoûts, — et c'est surtout par les dégoûts que les âmes reconnaissent leur parenté.

Tous quatre s'attardaient dans la véranda. L'après-midi était douce ; successivement des nuages en coquilles se précipitaient sur le soleil, couvraient quelques minutes sa face ardente, puis s'éparpillaient vers le zénith. Un paon passa sur les dalles de la cour, bête de soie bleue, fabuleuse et fami-lière. Il s'éleva sur une borne, poussa un cri affreux et déploya son merveilleux éventail.

— Etes-vous chasseur ? demanda Moreuil que le silence du jeune homme embarrassait un peu.

— Non, répliqua Hubert... Peut-être l'aurais-je été, par nature, mais ma mère a mis en moi des préjugés dont je ne pourrai plus me défaire.

— C'est dommage ! Après avoir tout goûté je me suis convaincu que la chasse est le plus profond et le plus enivrant de tous les plaisirs humains ! La guerre seule lui est peut-être supérieure, alors qu'on combat un ennemi puissant. J'ai abattu une quinzaine d'Allemands en 1870 et ce souvenir suffit à me faire aimer la vie, les jours où je me sens d'humeur pessimiste !

— Il est affreux ! s'écria Clotilde. Et il le pense. Il y a des jours où je me reproche l'attachement que j'ai pour lui !

— Mais, demanda Sauvaize, c'est d'avoir accompli votre devoir, mais non d'avoir tué ces hommes qui vous fait tant de plaisir ?

— C'est de les avoir tués en *combattant*. Je mentirais en disant que leur mort ne m'a pas été douce. Une ivresse extraordinaire a fait battre mon cœur chaque fois que j'ai tenu un ennemi au bout de mon fusil. Et je ne comprends pas qu'il en puisse être autre-ment. Car enfin, l'ennemi quel qu'il soit, mais surtout cet ennemi-là — et l'Anglo-Saxon — veut absolument, veut *profondé-ment* que nous disparaissions de la terre. Peu, même parmi les plus pacifiques, ne désirent pas notre anéantissement. Comment ne prendrait-on pas plaisir à faire périr un de ces hommes qui ont implicitement pro-noncé notre condamnation ?

— La haine appelle la haine — et la féro-cité, la férocité ! murmura Solange.

— Malheur aux peuples qui ont cessé d'être féroces ! repartit le comte. Ils périront à coup sûr ! La férocité est belle lorsqu'elle s'exerce à la guerre. Il faut s'aveugler pour ne pas voir que la nature l'ordonne à tous ses enfants. Vous me direz qu'elle leur ordonne aussi la peur de la mort. Et c'est vrai. Mais cette peur ne doit pas remplir la vie, comme elle fait chez les hommes décadents. Elle ne doit être qu'un instinct de lutte, de ruse, d'ingéniosité ! Elle ne doit s'éveiller que dans les crises, et pouvoir être bravée devant un adversaire. C'est pourquoi il ne faut pas s'apitoyer sur les soldats tombés. Quant à la chasse, elle nous maintient dans un esprit de destruction louable — et même, ma sensitive petite nièce, elle nous fait mieux aimer et comprendre les bêtes. Tout chasseur sou-haite la survivance du cerf ou du faisan, tout chasseur désire des lois qui empêchent la destruction du gibier. Seul le braconnier, bête puante, qui ne tue que pour le profit, est nuisible ! *Il faut tuer pour le plaisir.*

Moreuil s'était animé. Son visage exprimait un orgueil sauvage. Les vieux chefs sicambres renaissaient — des clameurs de massacre retentissaient au fond de son être, cris de foules primitives, fureurs de conquête, joie du sang coulant sur les murailles des forteresses ou dans la terre des champs de bataille. Mais cela ne dura qu'une minute. L'homme moderne reparut; un sourire charmant passa sur la bouche énergique :

— Et il faut aimer ses amis et ses hôtes! reprit-il. Car les âmes belliqueuses ont aussi été de tout temps les plus fidèles, les plus sûres !

Il allait s'occuper de faire emménager Hubert, lorsqu'une silhouette parut à l'une des portes, silencieuse et légère. C'était une femme d'âge indécis, cinquante ans par son éclatante chevelure blanche — quarante par un visage ferme et des yeux aux paupières intactes. Elle avait dû être belle. Elle l'était encore. Son regard rappelait Clotilde, mais non sa bouche violente, son menton d'impératrice ni son front compact et dur. Elle aussi, comme toute cette race, était de haute stature et souple comme une guerrière. Mais elle différait des trois autres par une mélancolie tragique, je ne sais quoi de glissant, d'imprévu, et, parfois, de sinistre.

— Monsieur Hubert de Sauvaize, dit le comte... Ma sœur, madame de Leuze.

Elle tourna vers Hubert un visage. froid, des yeux observateurs. Il plut. Un sourire de bienvenue illumina l'âpre bouche :

— Je n'ai, fit-elle, qu'un souvenir vague de votre nom... C'est à Paris, je crois, que j'ai dû rencontrer, oh! il y a longtemps, quelqu'un de votre famille.

— Non! intervint le comte — ou du moins j'en doute. J'ignorais le nom de M. de Sauvaize avant notre rencontre d'avant-hier. M. de Nauteuil, que nous connaissions peu d'ailleurs, ne m'avait jamais parlé de son neveu.

— Ah! vous êtes le neveu de M. de Nauteuil!

Le sourire se figea sur la physionomie de la baronne de Leuze. Les sourcils noirs se rapprochèrent d'un air de mécontentement et presque de menace.

— Oui, reprit Moreuil, rééditant son badinage... M. de Sauvaize nous est légué par testament. Il doit, de par la volonté de son oncle, habiter six mois avec nous.

La baronne avait tressailli. Une houle passa sur son front, puis elle redevint froide et « glissante » comme lorsqu'elle était entrée dans la véranda.

— Allons! fit le comte. Nous abusons de l'endurance de notre hôte...

Installé dans sa chambre, Hubert demeurait rêveur, vaguement inquiet, curieux aussi. Assurément, il n'était pas tombé dans une famille ordinaire. Ces filles étincelantes, cet homme étrangement mêlé de primitif et de moderne et cette femme à qui l'on plaisait et déplaisait alternativement, sans cause apparente, le troublaient. Et il avait un peu de crainte. Quelque hostilité confuse l'enveloppait — une sorte de mystère d'autant plus énervant qu'il y devait être étranger et qu'il s'y sentait enchevêtré cependant. Le bizarre testament de Nauteuil avait-il quelque rapport avec cette énigme? *Et comment?* — puisque les Moreuil déclaraient avoir à peine connu le mort.

Tout en faisant sa toilette, Hubert s'irritait de cette situation singulière. Le spectacle qu'il avait devant les yeux augmentait son obscure tristesse. A perte de vue, c'était une mer, un océan de forêts — un immense déferlement de verdure où l'on apercevait à peine de-ci de-là un clocher en pyramide ou quelques roches ruineuses. Hubert aimait les bois : ils furent la robe féconde de la terre, la vieille maison nourricière de l'homme, alors que la culture n'existait pas encore — et c'est eux aussi qui attirent les eaux, mères de vie, joie du monde. Mais il les voulait coupés de plaines ou de collines fleuries. Ici, ils semblaient dévorer la lumière. Tant d'arbres, pendant des lieues, pressés les uns contre les autres comme les soldats d'une innombrable armée végétale, donnaient la sensation d'un sol de pénombre, où l'on respire mal, où l'on est captif de la plante. Et la terrasse aussi, les parterres dévorés par les herbes parasites, les trois pièces d'eau funèbres, les cygnes jaunis par un siècle d'existence, pouvalent bien avoir un charme, mais ils exhalaient plus encore une mélancolie mortuaire.

Cependant, la toilette finie, Hubert ouvrit la fenêtre. Une senteur joyeuse d'œillets et de roses monta dans un beau rai de soleil — et, près du parc, les deux filles divines du domaine apparurent telles des princesses de féerie :

— C'est étrange ! murmura joyeusement Hubert, comme le cœur de l'homme est romantique. Notre imagination cherche toujours le compliqué en nous-mêmes et dans les autres. Le naturel est la dernière chose à laquelle nous allons. Voyez les enfants : ils n'aiment que les légendes — les histoires fantastiques ; la réalité leur est en horreur. Quand j'aurai un peu vécu avec cette famille, elle paraîtra, ce qu'elle est presque à coup sûr, composée de personnes un peu retirées du monde, par manque de fortune plus que par goût, mais ni plus ni moins énigmatique que le commun des êtres.

III

Une semaine se passa — paisible. Et le pronostic d'Hubert semblait se vérifier ; aucun mystère ne transparaissait au château des Aulnes. Pourtant, les hôtes du jeune homme n'étaient pas simples. Mme de Leuze gardait son attitude étrange. Les jeunes filles étaient vives, complexes, insaisissables, et Moreuil figurait toujours un extraordinaire composé de gentleman moderne et de corsaire scandinave.

La forêt non plus n'était pas aussi mélancolique et sévère qu'il l'avait jugée tout d'abord : elle recélait des coins exquis, des éclaircies lumineuses ; d'innombrables sources y chantaient des chansons aussi vives que celles des oiseaux.

Les deux premiers jours, la présence de Solange et de Clotilde avait intimidé Hubert. Ces jeunes filles avaient reçu une éducation intermédiaire entre l'éducation américaine et l'éducation française. Très libres de leurs actes, sûres d'elles-mêmes, déterminées, elles n'avaient pas la familiarité garçonnière et souvent choquante des Anglo-Saxonnes.

Des deux, Solange semblait la plus pondérée, d'humeur égale quoique hautaine, et ses journées étaient remplies par des soins réguliers. Mais son regard démentait ce calme ; l'on sentait qu'elle eût parfaitement rempli une destinée héroïque et aventureuse. Clotilde montrait moins de ponctualité. Elle semblait n'avoir aucune règle que son caprice. Alors que les mêmes heures voyaient reparaître Solange sur la pelouse ou dans le parc, qu'elle parcourait à cheval les mêmes routes ou qu'elle s'astreignait à finir méthodiquement ses broderies ou ses aquarelles, on ignorait souvent où Mlle de Leuze avait disparu — soit qu'elle fût à rêver dans sa chambre, soit qu'elle fût perdue dans les bois avec ses deux grands danois et la petite paysanne qui lui servait de chaperon.

Par degrés Hubert s'habitua à leur présence. Non qu'il cessât d'être frappé par leur extrême beauté — mais il éprouvait ce moment de lassitude qui suit les grandes émotions. Or, la lassitude est un excellent remède contre la timidité. Pendant les causeries d'après le déjeuner et la petite halte du lunch, il se familiarisa presque avec ces exquises créatures. Il causait de préférence avec Solange. Elle écoutait bien et répondait nettement. Dans une conversation générale, elle suivait sans peine des propos épars, prête à répondre à deux ou trois personnes à la fois. Et malgré cette perception si rapide, on la sentait très pensive, mêlant une forte vie intérieure à la faculté de se mêler aux autres vies.

— C'est une reine, pensait le jeune homme.

Et, en vérité, c'était une reine. Magnifique et rêveuse comme Elisabeth de Bavière, elle eût aussi pu remplir tous les devoirs publics que cette souveraine négligeait. Rien, dans les hommages des hommes ou dans les événements extraordinaires ne l'eût étonnée. La nature l'avait douée de vertus dominatrices, comme elle a doué le tigre de force et de souplesse.

Un après-midi, alors que le soleil jaunissait déjà, Hubert trouva les jeunes filles sur la pelouse, à la lisière du parc. Toutes deux peignaient le même coin de paysage. Mais sur le panneau de Solange, les arbres, la fontaine ruineuse, l'herbe folle et les élégantes passe-roses prenaient une noblesse et une harmonie de Grand Siècle, s'ordonnaient orgueilleusement. Clotilde, au rebours, avait accentué ce que ce lieu dépeigné avait de douloureux, de mourant et de fiévreux. Une longue mélancolie étirait les passe-roses, la fontaine semblait symboliser la ruine de toutes choses et les herbes se ruaient autour d'elle avec une sorte de furie destructive.

Hubert s'arrêta, frappé par la différence daisissante de ces deux interprétations :

— Est-ce que vous essayez de saisir l'aspect véritable, dit-il, ou bien est-ce que vous interprétez ?

— Je copie, répondit Solange... C'est ainsi que je vois.

— Et moi, dit Clotilde... je ne sais pas. En ce moment je me figure copier, mais je sais par expérience que demain je ne verrai plus de ressemblance entre ce paysage et mon esquisse.

— Et vous ? redemanda Hubert en se tournant vers l'autre.

Mlle de Moreuil réfléchit un moment et repartit :

— Je serai mécontente de l'exécution... je verrai que j'ai enlaidi le paysage, mais non que je l'ai trahi.

— Mais je ne crois pas non plus le trahir, riposta Clotilde. Tel il est là, tel je le vois, moins les mille détails que je suis impuissante à reproduire. Seulement demain j'aurai changé. Je n'admets pas que l'œil soit un appareil photographique. Si la nature varie perpétuellement, nous ne varions pas moins, et c'est de ces deux variations que sont faites nos œuvres d'art les plus consciencieuses.

— Cependant, objecta Hubert, Mlle de Moreuil varie moins que vous ?

— C'est indiscutable ! Mais elle varie beaucoup plus qu'elle ne le croit. C'est son caractère amoureux de discipline qui lui fait croire le lendemain à la ressemblance de son tableau avec le paysage.

— Oui-dà ! fit railleusement Solange... Est-ce à dire que je me mens à moi-même ?

— Non, tu es trop fidèle à toi-même. Il me semble, lorsque tu examines ton esquisse le lendemain, qu'il se passe ceci : dans les premières secondes, ton instinct te fait voir que le paysage, même si tu le replaçais dans la même lumière, n'est plus du tout, *à tes yeux*, le paysage, de la veille. Mais tout aussitôt ton caractère intervient, corrige, et te force à admettre une identité d'impressions... Et voilà pourquoi votre fille est muette ! ajouta-t-elle en riant.

Elle essuya ses pinceaux, serra son esquisse et fit emporter tout son attirail par la petite Suzanne qui, durant la conversation, était couchée dans l'herbe. Deux minutes plus tard, elle filait par le parc avec ses grands danois.

— Qui sait, faisait Hubert, si elle n'a pas raison !

— En partie peut-être, murmura Solange. Il n'est pas faux qu'un petit temps se passe avant que je revoie la ressemblance de la veille. Mais j'explique cela par la médiocrité de l'exécution.

Ils se turent. Le soleil croulait derrière les tours ruineuses. Une lueur verte sortait du parc et se fondait doucement avec l'ombre bleue du château. Et Solange apparut comme une de ces femmes merveilleuses, Clermont-Tonnerre ou Diane de Poitiers, qui emplirent le passé de leur éblouissement. Hubert la contemplait, saisi. Ce qu'il ressentait n'était ni l'amour ni même sa ressemblance ; c'était une admiration *presque* désintéressée. Quand bien même il n'aurait eu la certitude que Moreuil ne voudrait pas donner sa fille à un pauvre hère, il eût pensé, en cette minute, qu'il ne pouvait plaire à Solange. Il ne la voyait qu'entourée de tout l'éclat du rang et du luxe, de tout le frémissement d'un peuple d'admirateurs. Il dit naïvement :

— Vous êtes faite pour dominer.

Elle fixa sur lui la flamme de ses yeux de guerrière :

— Croyez-vous ? Je songe souvent que j'aurais plaisir à me donner à Dieu. La vie des couvents me semble belle.

— Oui, cette vie-là aussi serait selon votre âme, mais seulement après de grands malheurs — ou pour cause de pauvreté. Je me figure que Solange de Moreuil ne peut vivre qu'une vie à outrance. La macération, la règle dure, sauvage, les privations excessives, la faim même, tout lui convient mieux que la médiocrité. Mais elle ne se plierait à l'humilité furieuse qu'après avoir échoué dans l'orgueil !

Elle déposa son pinceau ; elle était presque émue, un peu pâle.

— Que voulez-vous que j'ambitionne ? fit-elle. Toutes les gloires modernes me sont indifférentes. Un grand écrivain, un grand artiste me semblent, malgré tout, un peu des domestiques : leur gloire est faite de mendicité. Un homme de guerre ? Comment le deviner dans un officier jeune encore ? Un homme politique ? Je hais tous ceux qui ont chance de parvenir : ils sont d'un autre parti que le nôtre...

Une tristesse ardente passa sur l'éblouissant visage :

— Anglais ou Allemand, mon père aurait été un grand homme. En France, sa force est perdue. Aurais-je l'audace d'être ambitieuse là ou mon père a échoué ?

— Pourtant, fit doucement Hubert, vous ne consentiriez pas à être pauvre ?

— Avec un homme ordinaire, non ! fit-elle énergiquement. Parce qu'alors la pauvreté serait une déchéance. Si mon mari était un Gallieni ou un Marchand — mais gentilhomme — aucune misère ne me serait à charge. Sinon, je ne veux pas de la pauvreté à deux. Elle avilit les gens de notre sorte. En dehors d'un homme de guerre ou d'un explorateur, je veux que mon mari soit propriétaire d'immenses domaines.

Elle sourit avec amertume :

— Il nous faut de la terre à nous autres !... Elle seule relève notre dignité.

Elle se tourna brusquement vers Hubert et demanda :

— Quelle était la fortune de votre oncle ?

— Sept ou huit millions...

— Dont beaucoup de terres, n'est-ce pas ?

— Quinze cents hectares.

— Voilà, fit-elle avec une gaieté fébrile, le domaine d'un gentilhomme !

Elle rangea ses brosses et ses tubes, replia vivement son chevalet et se dirigea vers le château. Hubert était pensif. Maintenant qu'elle était partie, il la voyait encore mieux, ce semble. Les traits caractéristiques de sa physionomie demeuraient seuls. Le frisson de sa beauté se répercutait en lui, comme la lumière verte ou mauve dans le sous-bois :

— Un Gallieni... un Marchand ! se répétait-il.

Et ces mots évoquaient une destinée tantastique, extraordinaire, mais qui ne lui semblait plus impossible. Il sentait s'élever en lui le courage, l'énergie, la patience des grands voyages. Comme récompense, Elle — proie aussi superbe qu'une Hélène, une Cléopâtre, une Bérénice de Judée. Immobile sur la pelouse, il demeura quelque temps plongé dans le rêve. Puis il se dit :

— Elle, oui. Mais son amour ?

Car il ne concevait pas très bien qu'elle pût aimer. Fidèle, dévouée, jusqu'à l'héroïsme, résignée à toutes les tristesses, une noble épouse, enfin, mais plus noble que tendre.

Doucement, il entra dans le parc, par la arge allée des ormes. C'étaient des ormes si vieux qu'ils ne vivaient plus que par morceaux. Ils semblaient tousseux, rhumatisants, avec leurs troncs biscornus, leurs verrues énormes, leurs branches percluses. Ils fleuraient la vermoulure, ils faisaient bien comprendre que la décrépitude est plus triste que la mort.

Le crépuscule allait venir. Une lueur rougeâtre s'insinuait aux vertes pénombres. Un pic semblait quelque ouvrier caché clouant les vieilles écorces. A mesure qu'Hubert s'éloignait du château, le soleil devenait plus visible. Il apparut, telle la gueule ouverte d'un haut fourneau — et, l'allée étant dirigée vers l'est, un immense rai y coulait comme une rivière de cuivre entre deux rives de ramures. Brusquement, Hubert tressaillit.

L'allée s'élargissait en rond-point et le jeune homme venait d'apercevoir Clotilde debout près d'une fontaine tarie. Elle ne bougeait pas ; sa tête était légèrement inclinée sur l'épaule gauche et malgré qu'o nne vît pas le visage, tout était délicieux dans cette apparition :

— Qui donnera la formule de la grâce ? se disait le jeune homme. Pourquoi cette jeune fille immobile est-elle une image parfaite de l'élégance ?

Le cœur lui battait. Il lui semblait violer un secret — surprendre le mystère charmate d'une rêverie de vierge. Il fut sur le point de se retirer. Mais un des grands chiens qui dormassaient aux pieds de Clotilde avait fait un mouvement. Elle se retourna, elle vit Hubert :

— Pardon ! fit-il... j'interromps votre rêve.

— Je ne rêvais pas, dit-elle. Je vivais.

Et comme il la regardait, interrogatif :

— Vous savez bien ce que je veux dire, reprit-elle. Je parle d'une de ces minutes où il y a en nous comme un mouvement de marée montante. Les choses étincellent. Tout vit double. Une multitude habite notre âme ; on dirait que les morts mêmes s'éveillent et nous parlent du fond des siècles...

Une émotion extraordinare rosait son visage. Et il imagina que cette jeune fille avait du monde une impression plus forte que les autres êtres, plus tumultueuse aussi, et surtout plus brillante. Cela apparaissait si vivement sur sa belle bouche rouge de coquelicot, sur ses grands yeux divins, qu'Hubert eut un saisissement d'admiration.

De même qu'il songeait tout à l'heure qu'il faudrait à Solange du luxe et de la gloire, il songeait qu'il faudrait à celle-ci le grand amour, une âme d'homme ardente, fidèle et loyale, aussi rare que les âmes héroïques ou que les cerveaux de génie. Et il lui sembla plus mélancolique encore pour Clotilde que pour Solange d'être enfermée dans ce domaine ruineux, au milieu d'une population de hobereaux qu'il supposait grossiers et bêtes. Qui respirerait le parfum de cette fleur ? Qui en comprendrait les beautés nombreuses et délicates ? Il ne put s'empêcher de dire :

— Vous ne pouvez être heureuse ici.

— Je ne pense jamais au bonheur.

— Mais tout le monde y pense ! C'est l'idée du bonheur qui fait agir les hommes.

— Croyez-vous ? J'ai cru voir que c'était surtout l'idée du bonheur qui les faisait souffrir. Ma mère, Solange et mon oncle ne souffrent que de cela !

Cette idée choqua Hubert. Il était, lui, très enclin à rêver de bonheur, et pouvait difficilement imaginer qu'on n'y pensât point.

— Mais enfin, dit-il, vous pensez à l'avenir ?

— Non.

— C'est impossible ! fit-il avec vivacité... Vous vous faites illusion !

— Je ne dis pas, reprit-elle, que je n'ai pas des visions d'avenir, mais elles ne me préoccupent point. J'accepte les jours tels qu'ils viennent. Je crois la vie plus sage que nous. Je ne veux rien lui demander. Elle me donnera ce qu'il faut !

Elle parlait avec un tel air de sincérité qu'Hubert ne douta point de ses paroles. D'autant plus en était-il choqué. Une existence sans souhaits lui paraissait vide et misérable — presque végétale. Et cependant Clotilde rayonnait de la sensibilité la plus intense. Il reprit d'un ton presque agressif :

— Je suis sûr que vous vous êtes mal examinée. Vous devez vouloir quelque chose. Jeune et pleine de vie comme vous voilà, il serait hors nature que vous ne songiez pas par exemple, à un mari. Et dans ce grossier coin de province, personne n'est digne de vous... Personne non plus ne viendra vous y trouver... Alors, vous devez désirer en sortir.

Elle se mit à rire, gentiment :

— Je n'ai que dix-huit ans ; pourquoi m'occuperais-je déjà du mariage ! Et quand j'y rêverais, je ne vois pas que mes chances soient moindres dans ce château. C'est déjà un lieu fort extraordinaire que celui qui loge ma cousine Solange. Combien de salons de Paris ne faudrait-il pas parcourir pour rencontrer sa pareille ? N'êtes-vous pas surpris d'être vous-même l'hôte de mon oncle ? Il y a quinze jours vous ignoriez jusqu'à notre existence. Aujourd'hui, vous êtes en quelque sorte notre prisonnier. Pourquoi le prince Charmant lui-même n'apparaîtrait-il pas un jour dans ce vieux parc sombre ?

Elle parlait d'un ton léger, doucement ironique ; il ne laissait pas d'être frappé de ses paroles. Elle avait raison en somme ! Quel palais enchanté renfermait ensemble l'énigmatique Mᵐᵉ de Leuze, le comte de Moreuil et ces deux filles admirables ?

Elle reprit, plus grave :

— Ce qui doit être, sera !

— Non, cent fois non se récria-t-il. C'est la devise des races perdues. Les races victorieuses disent : « Aide-toi, le ciel t'aidera ! »

— Mais l'un n'exclut pas l'autre! Seulement, pour s'aider, il faut savoir que faire. Si, tombée à l'eau, j'aperçois une racine d'arbre à portée, je m'y accroche. Mais si, jeune fille, je désire une de ces mille choses en somme insaisissables, que vous nommez le bonheur, comment savoir si j'aurai plutôt ces choses en voyageant qu'en demeurant ici ?

— A ce compte, toute entreprise est indifférente — car toute entreprise est aléatoire !

Elle se remit à rire, et ce rire argenté et grave résumait la séduction magique de sa personne :

— Pourquoi oubliez-vous que vous parlez à une jeune fille — pour qui tout acte est passif ? Je puis bien refuser ce que je ne veux pas, mais non *conquérir* ce que je veux ! Alors il ne me reste qu'à attendre.

Le soleil se couchait. L'illusion innombrable du crépuscule se glissait parmi les nuages. Le firmament abonda en terres enchantées qui se faisaient et se défaisaient en quelques minutes. Des archipels de cuivre coulèrent dans des océans d'ambre, de béryl et d'améthyste. Il parut des fleuves de perle, des montagnes de nickel, des lacs de vif-argent, puis des forges colossales, des bêtes rousses accroupies au bord de marais roses, parmi des végétations flamboyantes.

Le parc frissonna longuement ; les pauvres petites bêtes craintives chantèrent le poème du soir ; et du ciel, des arbres, des oiseaux, il sembla qu'un reflet, une haleine fugitive enveloppât Clotilde. Elle fut, pour Hubert, l'âme de beauté du monde.

Et il pensa que celui-là ne pourrait pas se plaindre d'avoir vécu qui serait aimé d'elle.

IV

Moreuil et Hubert s'étaient arrêtés auprès du lac des Granits. C'est un lieu fiévreux, et plutôt un marais qu'un lac. Sur les rives, des pâturages boueux où paissent de maigres troupeaux, quelques cahutes de bois et d'argile, une population hâve, chétive, qui vit plus mal et plus tristement que ne vivaient nos pères gaulois dans les forêts celtiques.

Les corbeaux affectionnent ce terroir. Ils y accourent par bandes immenses, par tribus, par peuplades. On entend du matin au soir leurs voix rauques qui s'appellent et se répondent. On voit constamment leurs ombres noires qui rament majestueusement au-dessus des grands arbres ou des eaux pourrissantes.

Le comte et son hôte descendirent de cheval. Hubert, considérant le sinistre paysage, dit :

— Ce lieu est passionnant de tristesse ! C'est du Shakespeare !

— Si ce qu'on en raconte est vrai, sa tristesse est symbolique. Aux temps druidiques, pendant huit siècles, on y immola les victimes et les captifs. Au moyen âge on y a assassiné des centaines d'enfants pour les messes noires. Sous la Terreur, mille insurgés y furent noyés obscurément. C'est pourquoi les corbeaux s'y sentent chez eux : c'es leur patrie. Leurs pères y ont tant mangé de chair humaine, que les fils y reviennent par espérance.

Il fit signe à un domestique qui les avait suivis. Celui-ci dévoila une cage grossière, où l'on aperçut un faucon. L'oiseau de proie, que l'obscurité avait endormi, se réveilla à la lumière. Ses yeux jaunes, d'abord ternes, s'illuminèrent.

— Est-il superbe ! Est-il terrible ! s'écria Moreuil avec enthousiasme. Il n'y a pas de lion ni de tigre qui, proportionnellement à sa taille, soit moitié aussi fort que ce soldat au bec d'acier...

Il ouvrit la cage. Le rapace, reconnaissant son maître, vint se poser sur le doigt du comte.

— Je ne conçois pas, reprit celui-ci, qu'on ait pu abandonner la fauconnerie. Quel sport plus admirable et plus passionnant !

Il poussa un sifflement. L'oiseau dressa sa tête déprimée, agita ses ailes en faux et volta dans le ciel. A la vue du guerrier formidable, toute la race intelligente des corbeaux s'émut. D'un vaste croassement, ceux qui avaient vu les premiers avertirent les autres. Puis la fuite éperdue vers la forêt, vers les pénombres ou vers les clochers prochains. Mais d'un élan magnifique, la bête

royale était parvenue sous un grand corbeau qui, confiant en sa vitesse, avait osé fuir en plein firmament. La lutte fut courte et terrible.

En vain, l'oiseau noir tenta un crochet : l'ennemi fauve arrivait comme la foudre. Les serres furieuses saisirent la proie et, descendant comme il était monté, le faucon apportait aux pieds du comte le corbeau sanglant.

Des applaudissements éclatèrent. Trois cavaliers, suivant un landau où se trouvaient Mme de Leuze et Solange, venaient de déboucher parmi les chênes.

Un peu à l'arrière, Clotilde avait arrêté son cheval :

— Bravo ! s'écria l'un des trois hommes, un vigoureux hobereau roux comme Caton... voilà une noble tradition !

— C'est aussi noble, riposta Clotilde, que si nous faisions assassiner un homme nu par un soldat bardé de fer et armé jusqu'aux dents !

— Bien plutôt est-ce un gendarme qui abat un voleur ! riposta le gentilhomme roux...

Clotilde haussa les épaules et, descendant de cheval, elle ramassa la bête sanglante :

— Il est beau, murmura-t-elle... Voyez sa tête intelligente à côté du front déprimé de votre... gendarme ! Je le sauverai !

— Ah ! je voudrais être à sa place ! s'exclama un des arrivants.

Hubert leva les yeux et regarda celui qui venait de parler. C'était un beau jeune homme. Son corps, adroit et souple, s'harmonisait avec le grand cheval de chasse ; ses yeux hardis étaient faits pour défier les hommes et dominer les femmes, tout son être respirait un confiance têtue en soi-même, une bravoure parfaite et la certitude de réussir dans ses entreprises.

Il déplaisait violemment à Sauvaize, peut-être parce qu'il s'empressait auprès des deux cousines, peut-être par incompatibilité d'instincts.

Robert de Montaigle n'était dans le pays que depuis quelques jours. Bien reçu par Moreuil, il se montrait admirateur fervent de Clotilde et de Solange. Il pouvait leur plaire :

il n'était point sot, accoutumé aux femmes, enveloppé de cette atmosphère de l'homme souvent heureux en amour, qui aide si puissamment à triompher encore. On n'eût pu deviner laquelle des deux jeunes filles il préférait. Il faisait à Solange une cour savante, presque grave, humble même, et se montrait avec Clotilde tantôt enjoué et cordial, tantôt mélancolique, parfois ardent et familier. D'ailleurs, riche de quatre-vingt mille livres de rente, Montaigle était un parti sortable pour Mlle de Moreuil et un beau parti pour Mlle de Leuze.

Cependant Clotilde avait minutieusement examiné le corbeau blessé :

— Il n'a rien de grave ! dit-elle...

Et elle fit vider un des petits paniers du pique-nique où, après un pansement sommaire, elle déposa l'oiseau, sur un lit de feuilles. Puis, ayant remis le panier dans la charrette aux provisions, elle piqua des deux pour ne pas voir les exploits du faucon, que Moreuil venait de relâcher.

Le landau qui contenait Mme de Leuze et Solange la suivit, en même temps que les trois cavaliers.

Hubert devint pâle : la jalousie lui serrait la poitrine. Il considérait avec haine la silhouette élégante de Montaigle.

— Encore un corbeau ! fit Moreuil, et nous les suivrons. C'est l'heure du déjeuner.

Mais sur toute l'étendue, aucun des noirs oiseaux n'apparaissait. En gens réfléchis, ils hésitaient à revenir vers le lac après le malheur qui venait d'atteindre un de leurs congénères. En vain, le faucon fit une sortie. Son œil perçant ne découvrit nulle proie assez proche pour prendre la chasse :

— Eh bien, en route ! dit le comte désappointé... Il n'y a décidément pas de bêtes plus rusées que ces corbeaux, et je conçois qu'ils aient défié l'homme à travers les siècles des siècles.

Déjà Hubert, impatient, avait bondi en selle. Les deux cavaliers galopèrent silencieusement, jusqu'à ce qu'ils eussent rattrapé le landau. Clotilde était toujours en tête, solitaire. Montaigle se tenait à côté de Solange et lui parlait avec animation. Ce spectacle calma Sauvaize. Mais il dut se contenir pour ne pas dépasser Moreuil et s'élancer auprès de Mlle de Leuze.

— Halte! s'écria le comte... nous déjeunons ici.

La zone triste du lac était dépassée. On se trouvait auprès d'une de ces prairies très vertes, soyeuses, illuminées de pâquerettes qui, aux écrivains du Grand Siècle, semblaient être les seuls paysages dignes d'une épithète admirative. De beaux peupliers poussaient en bordure sur la route.

Il y avait, au milieu de la prairie, une sorte d'izba, composée d'une seule salle où les domestiques servirent le déjeuner. La table était grande, une lumière abondante arrivait par deux hautes fenêtres, et Hubert, placé entre Clotilde et le chasseur roux, se sentit singulièrement heureux.

Son voisin était un homme bruyant, niais et cordial. Il mangeait avec bruit, parlait la bouche pleine, buvait en aspirant comme un bœuf. Il confia à Sauvaize que le mal du siècle était le charbon.

— Monsieur, dit-il, c'est le charbon qui nous a perdus. Sans le charbon, il n'y aurait ni usines, ni chemins de fer. C'est le charbon qui a fait le suffrage universel, la République et l'alcoolisme.

— Non! s'écria un autre convive, gros homme qui semblait retenir avec peine ses yeux bleus dans leur orbite... C'est la poudre, monsieur! Le plus grand malfaiteur de tous les temps, c'est l'homme qui a inventé la poudre

— Tous les inventeurs sont des criminels! répliqua gaiement Clotilde... Voyez comme ces misérables se cachent pour commettre leurs inventions!

— Ce n'est pas tant un paradoxe! intervint Montaigle... L'abus de l'invention tue l'énergie humaine. L'Europe est en train d'en mourir.

— C'est exact, dit Moreuil. L'humanité brûle les étapes. Sa hâte sera la cause de sa ruine. Pour *bien* faire ce qu'on a fait depuis cent ans, il aurait fallu trois siècles. Faute de temps, la civilisation moderne est une camelote! En détruisant l'aristocratie, les peuples se sont décapités.

— Au nom de quelle mystérieuse sagesse arrêterait-on la science? Au nom de quelle révélation supérieure maintiendrait-on une aristocratie qui a cessé d'être une élite? riposta mélancoliquement Hubert.

— La noblesse n'a pas démérité! fit le hobereau roux.

— Non! reprit Hubert, mais elle a été dépassée. Nous n'avons plus aucune qualité qui nous mette hors de pair. Alors, il ne reste qu'à accepter le destin.

— Et quel est le destin? demanda railleusement Montaigle.

— Rentrer dans la foule! fit durement Hubert.

— Non, mourir! repartit noblement Moreuil. Nous sommes des condamnés. L'œuvre des autres est mauvaise, mais elle est plus forte néanmoins que nos énergies. Nous périrons donc. Mais nous n'avons rien de commun avec la multitude. Notre mort doit être orgueilleuse et solitaire, nous devons mourir en famille!

— Nous pouvons mourir pour la France reprit Hubert.

— Oui, peut-être, dit le comte... si la France le veut... mais le veut-elle?

— Il vous sied de parler ainsi, répondit respectueusement Hubert, mais la tourbe des nobles ne songe ni au sacrifice ni à la grandeur. Leur décadence est triste, veule et stupide.

— Je m'inscris en faux contre cette affirmation, cria vivement Montaigle. Nous valons mieux que nos vainqueurs. Nos hommes sont plus braves et nos femmes plus charmantes. Notre cause est belle et je ne la crois pas désespérée, si nous ne la trahissons pas nous-mêmes.

Il fixait sur Hubert un regard violent et agressif. L'autre lui rendit ce regard. Et la haine commença de germer entre ces deux hommes.

On servit le café dans la prairie, sur de petites tables un peu boiteuses, dont quelques-unes sentaient la vermoulure. Montaigle, cette fois, se trouvait à côté de Clotilde, tandis qu'Hubert avait Mme de Leuze pour voisine. La scène était jolie, avec ces jeunes filles éblouissantes, l'heure calmante et pure; les ombres s'allongeaient des arbre sur les belles herbes drues, sur les fines corolles, et une eau chantait la douceur de vivre. Hubert s'irritait et souffrait. Il ne croyait pas aimer Clotilde — et il ne le voulait pas — mais il sentait qu'il devait y avoir peu de femmes sur la terre aussi désirables. Et il s'indignait que Montaigle osât lui faire une cour audacieuse, plonger ses yeux impudents dans les yeux féeriques. Il craignait pour elle une de ces erreurs que les plus avisées commettent, il lui semblait hideux que cette vie merveilleuse fût convoitée par cette vie brutale.

Mme de Leuze l'observait sans bienveillance :

— Vous avez pâli, dit-elle méchamment, êtes-vous indisposé ?

— Non, fit-il troublé, et détournant son regard de ce visage sombre... une pensée triste m'a traversé.

Elle sourit, ironique, et reprit :

— Vous ne vous ennuyez pas parmi nous ? Et suivrez-vous jusqu'au bout l'ordre étrange de votre oncle ?

— Jusqu'au bout, dit-il nerveusement, si mes hôtes me trouvent supportable.

— Oh ! mon frère est d'avis comme vous qu'il faut maintenant persévérer. Et Solange est tellement enfoncée dans ses rêves et ses projets !... Leur rancune contre la vie contemporaine leur rend tout supportable...

Elle dardait ces mots, elle les accompagnait d'un sourire dur et équivoque :

— Mais je voudrais aussi ne pas vous déplaire ? murmura Hubert d'un ton presque suppliant, car il désirait avec ardeur dissiper l'animosité sourde qu'il pressentait en elle.

— Oh ! moi, dit-elle en haussant les sourcils... je ne compte pas. Je n'ai pas d'existence. Je n'en veux pas avoir. Les êtres et les événements ne sont que des ombres !... Sinon, il y a dans votre aventure une chose qui m'intéresserait... Jadis, je raffolais des énigmes. Pour quelles raisons votre oncle a-t-il pu vous exiler dans ce château... oui, cela aurait pu m'intéresser, si je n'étais pas aussi morte au monde !

Il jugea qu'il ne pouvait mieux la désarmer qu'en lui parlant avec une franchise naïve :

— Je n'ai qu'un fil pour me guider dans le labyrinthe. Mon oncle prétendait avoir une dette à payer à M. de Moreuil... Mais laquelle ? M. de Moreuil connaissait à peine mon oncle. Et puis, ajouta Hubert en riant, ce serait une singulière façon d'acquitter cette dette que de m'imposer comme hôte !

— S'il y a eu dette... dit brusquement Mme de Leuze... M. de Sauvaize l'a payée par un legs.

— Alors, fit Hubert, il a évidemment agi sans cause.

Elle haussa les épaules et lui jeta un regard ironique :

— Vous jetez vite le manche après la cognée, reprit-elle de sa voix agressive. On ne fait pas de telles choses sans raison... Il n'est pas nécessaire de se creuser la cervelle pour en découvrir au moins une.

— J'en ai imaginé une, mais elle m'a semblé absurde... Pour qu'elle fût vraisemblable, une intimité quelconque devrait avoir existé entre M. de Sauvaize et votre famille.

Elle avait tressailli. Sa bouche était entr'ouverte, ses yeux dilatés et presque terribles. Mais elle se domina :

— Je suis *sûre*, riposta-t-elle, que votre supposition n'a rien d'absurde.

Elle acheva de vider sa tasse de café et se dirigea vers Solange. Elle laissait Hubert très troublé. Tant qu'il avait été seul à imaginer que son oncle avait pu avoir en vue un mariage en l'envoyant aux Aulnes, il ne s'était pas appesanti sur cette idée. Elle lui apparaissait falote et chimérique. Mais en devinant que Mme de Leuze faisait une supposition identique, la certitude s'alluma en lui comme un incendie.

Et tout à coup, cette fortune perdue, et que déjà il se résignait à perdre, lui réapparut dans sa puissance et son éclat. Il jeta un long regard vers Solange. Etait-ce elle ? La conquête de cette fille ravissante et la conquête de la richesse étaient-elles liées ? Il le crut et désespéra. Huit jours auparavant, cela l'eût rempli d'ivresse, les projets se seraient levés en lui comme une armée. L'amour même, peut-être, ou du moins une tumultueuse aurore d'amour, l'aurait envahi.

Et pour gagner Solange, il serait hardiment parti au loin, il aurait entrepris un de ces voyages de découverte qui représentaient pour elle l'héroïsme moderne.

Aujourd'hui, son cœur restait morne. Solange n'était plus une réalité. Une séduction plus vive était venue, qui n'était pas encore l'amour, mais sa saisissante image :

— Mais je ne veux pas ! songeait-il. C'est le hasard, l'aventure, et que sais-je *d'elle !* Autant Solange est nette, précise, lisible, autant celle-ci est obscure. C'est la terre inconnue, tous les mystères ! Avec Solange, la vie serait droite. Tout l'amour de la terre, les plus admirables ou les plus beaux des hommes ne la feront pas dévier lorsqu'elle aura dit « oui ! » Mais l'autre, qui devinera ce qu'elle fera ? Qu'en sait-elle elle-même ? Solange en promettant est sûre de ce qu'elle veut et de ce qu'elle peut tenir. Clotilde l'ignore Et puis l'union des pauvres... la gêne et ses tentations...

Il eut un rire silencieux : « Je raisonne comme si je n'avais que mon choix à faire ! Ni l'une ni l'autre, ne s'occupent de ma chétive destinée. »

Tout en rêvant, il s'était détourné de Solange, il comtemplait Clotilde. La jeune fille était assise auprès de Montaigle. Elle faisait boire le corbeau enveloppé de bandelettes, et déjà la bête intelligente se familiarisait. Hubert se dit qu'elle était bonne, puis se demanda s'il n'y avait pas là du snobisme ou de la manie. Son aversion pour Montaigle fit dévier sa pensée. Il dénigra le jeune homme, il observa chacun de ses mouvements pour y découvrir du ridicule ou de la lourdeur. Mais l'autre, hardi avec élégance et simple avec grâce, déconcertait la critique.

Alors, après des circuits, et contre son gré, Hubert s'approcha de Clotilde. Il allait cependant la dépasser, lorsqu'elle lui adressa la parole :

— Et vous, monsieur, demandait-elle, croyez-vous aussi que la vertu n'est que la force ?

— Oui, dit-il, je le crois très sincèrement... seulement, remarquez que je ne crois pas du tout que la force soit nécessairement la vertu.

Montaigle se mit à rire, tandis que Clotilde regardait Hubert avec curiosité :

— Ce n'est pas clair, dit-elle.

— C'est même obscur, ajouta Montaigle... ou trop fort pour moi.

— J'imagine au contraire que c'est assez simple, reprit Hubert. Je veux dire que la vertu sans la force est une chimère. Il me suffit de savoir d'un homme qu'il a le caractère faible pour affirmer qu'il a peu de vertu. Mais cela ne signifie nullement qu'un homme au caractère fort ne puisse être injuste, infâme, criminel.

— Eh bien ! mais c'est vrai, s'écria Clotilde...

— C'est faux, dit âprement Robert. La force et la vertu ne sont qu'une seule et même chose. Toute force qui a triomphé assez longtemps devient une vertu, et ne cesse de l'être que par sa défaite.

— Néanmoins, riposta Hubert, les forces victorieuses sont devenues, de siècle en siècle, plus douces, moins brutales, moins déloyales aussi. Les armées de Napoléon, en comparaison des armées romaines, apparaissent presque clémentes.

— Et qui vous dit que, plus délibérément cruelles, elles n'eussent pas assuré nos conquêtes pour des siècles ?

— Des mots !

— Des faits qui crèvent les yeux !

Ils ne parlaient que pour se contredire. L'antipathie croissait entre eux comme ces herbes mauvaises qui, en quelques semaines, dévorent un champ. Sauvages, ils se fussent exterminés, et pour tous deux, cette haine naturelle accentuait les grâces de Clotilde. Mais, sentant qu'une dispute les rendrait ridicules, ils se turent. Un accident leur permit de se détourner l'un de l'autre. Les deux hobereaux avaient trouvé des masques et des fleurets ; ils s'escrimaient avec une souveraine inélégance, mais avec quelque adresse. D'humeur joviale d'abord, ils s'animaient, ils se portaient des coups violents ; et leurs yeux, à travers les treillis de fer, devenaient féroces :

— C'est laid ! murmura Clotilde, qui s'éloigna.

Mais tous, Moreuil, Hubert, Montaigle et

Solange même s'étaient rapprochés. Leurs âmes belliqueuses s'animaient au simulacre d'un combat. Comme il arrive presque toujours ils prenaient parti : Hubert s'intéressait à son voisin de table, le baron roux, tandis que Montaigle aurait volontiers parié pour l'autre. Longtemps la rencontre demeura indécise, puis le baron affirma sa supériorité par trois coups de bouton presque successifs, en pleine poitrine. Mais son adversaire s'acharnait. Lourd, il perdait le souffle, il haletait ; les cercles de son épée s'élargissant sans cesse, il ouvrait la porte aux bottes rapides du baron.

Las enfin, après un furieux corps à corps, il cessa de combattre.

— A qui le tour ? fit le vainqueur avec un gros rire.

Montaigle, qu'il regardait, s'inclina avec un pâle sourire. Le duel commença lentement. Les antagonistes se tâtaient. Le baron de Chaudey était vif, infatigable, il avait le poignet agile et rude. Il s'impatienta. Son épée décrivit une série de feintes, suivies de coups impétueux. Il toucha légèrement Robert à l'épaule. On vit blêmir le jeune homme sous son masque et son épée s'accéléra, elle siffla comme une vipère : par deux fois il reprit sa revanche au côté gauche et sur le bras du baron. Ni l'un ni l'autre ne voulut s'arrêter après cette passe violente. Le hobereau essayait des bottes foudroyantes, mais la couleuvre ennemie roulait autour de son épée en hélices impénétrables.

Montaigle marqua un coup dans la poitrine, puis son avant-bras fut touché. Et la lutte s'accéléra encore. A mesure, la supériorité de Robert apparut ; peut-être n'avait-il pas plus d'adresse naturelle, mais plus de science, plus d'économie dans les mouvements, plus de précision empruntée aux maîtres de l'escrime. Il ne put épuiser Chaudey, mais il lui rendit trois coups sur un avec tant de régularité que le baron, avec une jovialité feinte, avoua enfin sa défaite.

Alors, Robert se tourna vers Hubert, et d'une voix blanche :

— Me ferez-vous l'honneur ?...

— Quand vous aurez pris une minute de repos, répondit courtoisement l'autre.

Leurs yeux luisaient d'un instinct de meurtre. Mais ils ne devaient pas, ce jour-là, mesurer leurs forces. Chaudey, humilié de sa défaite, s'appuyait nerveusement sur son fleuret. L'arme, trop ployée, fit entendre un bruit sec ; elle était rompue :

— Le destin a parlé ! Il ne veut pas que vous combattiez ! fit doucement Solange.

— Où donc a passé Clotilde ? intervint Mme de Leuze.

Tous regardèrent. Moreuil, qui avait une vue rapide et perçante, aperçut le premier la jeune fille. Elle montait à cheval la côte du Haut-Pré. On put suivre un instant sa silhouette parmi des arbres, puis elle disparut.

— Mais elle s'est trompée de route ! remarqua Moreuil...

— Oh ! elle reviendra, répliqua tranquillement Mme de Leuze...

— Nous pouvons la rejoindre sans peine, fit Solange, et revenir par Montglas...

Cette proposition fut adoptée, mais on convint que Montaigle et Sauvaize partiraient en éclaireurs. Les jeunes gens s'élancèrent côte à côte, au petit trot. Leur allure s'accélérait par degrés. L'ardeur du match rompu les animait encore... Puis, là-bas, parmi les arbres, se cache la source éternelle des haines viriles et des combats. Si enclins déjà à se détester, la rivalité les emporte et les grise. Le trot s'allonge, les bêtes nerveuses bondissent sous les cavaliers nerveux... Et soudain ce fut la lutte. Penchés sur l'encolure de leurs chevaux, ils les excitaient, ils les poussaient, ils les soutenaient de leurs mains fortes. Il parut à tous deux qu'ils couraient après la fortune.

Robert prenait la tête ; il partait en foudre, sûr de l'endurance de son hongre, sûr de l'emporter s'il pouvait prendre une bonne longueur sur l'ennemi. Sauvaize savait bien que le souffle de son cheval ne pouvait le mener aussi loin que l'autre. Aussi, craignant le « rush » trop vite donné, il s'appliqua d'abord à ne pas être « lâché ».

Il exigeait de sa monture le minimum de mouvements brusques, de détentes soudaines, il ramassait peu à peu son énergie et poussait son galop par gradations savantes.

Ils parvinrent à la côte. Montaigle avait pris plusieurs longueurs. Il résolut de les garder, il fit sentir l'éperon au hongre. Mais Hubert se maintenait. Au détour de la route, il reprit deux longueurs, puis deux encore, et l'autre, sentant l'approche et qu'un dernier effort le mènerait au but, leva sa cravache et frappa le premier coup. Son cheval s'emporta en bonds magnifiques, sans pouvoir cependant « lâcher » Hubert qui préparait le « rush ». Alors fouaillant et labourant le ventre de sa bête, Montaigle joua le tout pour le tout. Cette frénésie lui conserva quelque temps son avance. Puis, à deux reprises, le hongre se cabra, tandis que Sauvaize, dans un effort suprême, identifié avec sa monture comme un Cosaque de l'Oural, obtenait enfin le maximum de sa vitesse. Il passa, retenant un cri de triomphe, il vit Clotilde et l'atteignit.

Robert suivait, furieux, à cinq longueurs :

— Qu'avez-vous donc ? s'écria la jeune fille, qu'étonnaient leurs mines sauvages.

Ils sourirent, du même sourire convulsif. Cependant, la victoire avait mis une douceur dans l'âme d'Hubert; chez l'autre, c'était la haine accrue, la guerre implacable, et il jetait vers Clotilde un regard qui jurait de la conquérir.

V

L'amour le dévorait comme un incendie. De grand matin, après une nuit de sommeil trouble, Hubert sursautait; il ne pouvait tenir au lit. Il ouvrait d'un geste brusque la fenêtre : la vie des végétaux entrait, odeur de feuilles, de fleurs, de fruits, ondulations de ramures et d'herbes, le cadre féerique de l'éternel amour. Alors, le merle qui jetait sa grosse chanson de cloche, la fine mésange, l'hirondelle buveuse de ciel, et même les vieux cygnes tragiques, tout ravivait l'image divine, tout agitait, inquiétait Hubert, éveillait étrangement le cœur, pareil à une bête craintive et souffrante.

Il sortait, il s'en allait baigner sa fièvre parmi les grands arbres; ils semblaient flotter sur le lac du ciel ou parmi les nues argentées. C'était le mois de leur grand labeur.

Sur leurs troncs sombres, ils créaient les feuilles abondantes, ils emplissaient l'espace de chair verte, et l'on sentait qu'une telle crue aurait rempli la terre, caché le firmament d'un pôle à l'autre, en quelques années, si la mort d'automne ne l'avait atteinte.

Hubert palpitait à la plénitude de cette croissance. Le calme qu'il y croyait trouver ne venait point. Il souffrait amèrement. Outre l'amour et sa peine, pesante même aux heureux, il ne s'approuvait pas : il ne voulait pas aimer Clotilde. Elle lui apparaissait toujours plus capricieuse, indéchiffrable. Il s'inquiétait de sa démarche qui semait la volupté, de sa bouche faite pour les baisers dévorants, de ses yeux variables, infinis, dont la flamme avait plus de métamorphoses que les nuages au crépuscule. En l'aimant, ne perdait-il pas une chance suprême de fortune ?

Car il ne doutait plus de la volonté de son oncle. Si mystérieux qu'en fût le motif, elle désignait Solange. Et sans doute Solange était difficile à conquérir. Mais on pouvait compter sur l'alliance de Moreuil et peut-être de Mme de Leuze. Moreuil ne désirait rien tant que la richesse pour sa fille. Il la voulait sertie dans le luxe. Et lui non plus ne devait pas douter des intentions de Nauteuil. Peut-être même en savait-il plus long que tout autre...

Enfin, et par-dessus tout, Hubert s'irritait d'aimer trop vite. Cela lui semblait anormal, maladif, presque blâmable et lui ôtait toute confiance en soi-même. Il se demandait si son aversion instinctive contre Robert de Montaigle n'était pas une cause déterminante de sa passion.

Car leur rivalité continuait. Robert avait lui aussi renoncé à Solange; il poursuivait follement Clotilde. Il l'épiait dans les bois, il l'y suivait. La fantasque jeune fille, plus que jamais, partait en chevauchées avec sa petite amie et ses grands chiens. Elle fuyait les deux hommes : chacun d'entre eux attribuait sa réserve à une préférence pour l'autre.

Un matin, Hubert rencontra Mlle de Leuze à la Croix-de-Boutan. C'est un lieu désert et sauvage, enveloppé de lieues de forêts. Quatre routes y débouchent, malentretenues, et il y passe par le travers un petit cours d'eau où abondent les ombres chevaliers.

Il la trouva sur le pont de bois : le reflet des ondes l'enveloppait d'un halo où elle apparaissait comme éthérisée, vaporisée. A quelques pas son cheval et le poney de Suzon broutaient l'herbe maigre; les chiens dormassaient, tandis que la petite rustaude cueillait des champignons sous les chênes.

Il se troubla; sa main tremblait en la saluant. Il voulait parler de choses indifférentes, mais son instinct le trahit et il murmura :

— Vous me fuyez!

Elle répondit avec tranquillité :

— Oui. Vous me faites peur.

— Peur? dit-il avec surprise.

— Je n'aime pas la haine, et vous êtes plein de haine. Elle éclate dans tous vos gestes. Vos yeux la trahissent et vos paroles la cachent mal. Vous haïssez M. de Montaigle.

— Ah! il me le rend bien ! ne put-il s'empêcher de dire.

— Je ne l'ignore pas. Et j'ai plus peur encore de lui que de vous.

Elle frémissait, comme le matin où elle avait sauté de cheval pour ramasser le corbeau blessé. Son visage prenait une beauté subtile et sensitive qui émouvait plus encore le jeune homme.

— Ah! chuchota-t-il d'un ton suppliant... Si vous saviez !... je souffre!

— Ne me dites rien! fit-elle vivement. Il ne faut pas jouer avec la parole! Le silence est une sauvegarde et une dignité.

Elle le regardait avec une douceur profonde. Il eut le pressentiment d'une âme rare et délicieuse cachée sous le caprice. Il balbutia :

— Mais vous ne pouvez me défendre de désirer votre sympathie.

— Vous aviez ma sympathie.

— Je ne l'ai donc plus.

— Je ne sais pas. Votre nouvelle attitude m'a confondue.

Ils avaient fait quelques pas. Des chênes étendaient leurs branches vermoulues et le ruisseau, se perdant dans une ravine mysté-

rieuse, au milieu de blocs vêtus d'émeraude et d'argent, poussait des sanglots tendres. L'haleine du bois, l'haleine de la terre, le frémissant parfum jailli des encensoirs de l'églantine ou des lèvres fraîches du muguet, enveloppaient les promeneurs.

Clotilde semblait l'émanation divine des choses, la napée, la dryade, la fille ailée des éléments. Le bruit léger de sa robe grisait le jeune homme. Tout regret, toute prudence avaient disparu. Il consentait à jouer les biens de la terre contre l'amour de cette fille merveilleuse :

— Ah! s'écria-t-il, je ne suis pas haineux, mais les plus doux peuvent devenir violents, lorsqu'ils se sentent eux-mêmes haïs...

— Non! Ils ne doivent pas si vite rendre la haine pour la haine.

— Mais par jalousie! dit-il tout bas et d'un ton chagrin. Je vous...

— N'achevez pas! s'exclama-t-elle avec précipitation. Ne dites pas le mot après lequel toute liberté meurt entre les êtres!

— Qu'importe, fit-il au désespoir, que je me taise ou que je parle... vous savez bien ce que je pense! Que j'en meure ou que j'en vive, je vous aime!

Elle devint très pâle; ses mains tremblaient. Des larmes jaillirent de ses yeux. Et elle parla d'une voix désolée :

— Ah ! pourquoi avez-vous prononcé cette parole? Je ne voulais pas l'entendre! Quand elle n'unit pas, elle brise! Ne pouviez-vous pas attendre pour voir clair en vous-même... ne pouviez-vous pas vous « éprouver »? On ne peut pas, on ne doit pas aimer si vite. C'est un péché contre l'amour... maintenant jamais je n'aurai confiance en vous; jamais nous ne serons amis.

Il se taisait, atterré. Il sentait qu'elle avait raison, que la promptitude de son amour le rendait à bon droit suspect, et qu'elle pouvait être non seulement triste, mais offensée, humiliée.

— Et n'est-ce pas encore par haine pour l'autre, reprit-elle après un silence, que vous vous êtes fait l'illusion de l'amour? Quelle promesse pour l'avenir!... Alors, s'il avait fait plutôt la cour à Solange, c'est Solange que vous auriez aimée?

— Non, dit-il d'une voix creuse... lorsque je vous ai rencontrée seule, pour la première fois, dans le parc, j'ai bien senti qu'un jour tout mon être vous appartiendrait!

— C'est donc que vous aviez deviné combien le cœur de Solange est difficile à atteindre! Car personne ne peut en quelques jours savoir s'il choisira une autre qu'elle. La beauté de Solange est parfaite, et c'est une beauté pleine de vie.

— La vôtre est aussi parfaite et bien plus vivante encore!

— Vous le croyez peut-être maintenant. Mais vous n'êtes plus juge. Il n'y a aucune femme au monde qui sera aussi aimée que Solange quand elle le voudra. Et c'est elle que vous deviez aimer. C'est pour elle seule qu'on vous a fait venir ici... Elle ne veut pas maintenant, elle ne veut *pas encore*. Mais vous devez essayer d'être aimé d'elle. Malgré l'apparence, elle est tendre, elle vous rendrait heureux, et vous aussi, vous la rendriez heureuse. Je sens cela vivement.

— Ah! soupira-t-il, vous êtes donc bien sûre de ne jamais m'aimer?

— J'en serais tout à fait sûre si vous aimiez Solange!

— Je ne puis *plus* l'aimer, cria-t-il avec force.

Elle garda le silence. Quoique son visage fût plus calme, l'agitation dilatait encore ses pupilles. Il la contemplait, palpitant de détresse, et, de la savoir si franche et si pure, il découvrait à sa beauté, au feu humide de son regard, une séduction neuve, plus pénétrante, plus profonde, presque surhumaine.

— Je sens que je ne suis pas digne de vous! dit-il d'une voix plaintive. Vous ne m'aimerez pas et ce sera juste!

— Qui connaît l'avenir? répondit-elle avec pitié. J'ose dire qu'aucun signe ne m'indiquera qui j'aimerai. Ce sera vous peut-être. Comment le savoir? Il n'y a rien en vous qui me déplaise. Mais vous m'êtes encore si étranger!

— Laissez-moi seulement un espoir.

Elle le regarda longuement :

— Il vaudrait mieux que vous n'espériez rien! Peut-être pourriez-vous alors revenir à la vie saine. Même si je vous aimais, j'ai tant de chances de faire votre malheur. Je suis une fille pauvre.

— Vous êtes la richesse suprême du monde!

— Vous le dites aujourd'hui. Mais vous aimez la fortune... Vous la regretteriez!

— Je désirais la fortune avant de vous connaître... Je ne désire plus que vous.

Elle sourit, mélancolique :

— Vous souvenez-vous? dit-elle... Vous prétendiez que, dans ce coin perdu, la vie ne me réservait aucune aventure! Je voudrais du moins que vous eussiez eu raison pour cette année encore.

Un des chiens se leva et parut écouter :

— Qu'y a-t-il, mon bon Rino? fit la jeune fille.

Elle tendit l'oreille à son tour et dit avec un peu de trouble :

— Quelqu'un vient! Je ne désire pas qu'on nous voie ensemble...

Elle frappa dans ses mains pour avertir sa suivante, monta à cheval et disparut. Tout cela s'était fait si vivement qu'Hubert en restait ébahi. Il écouta le trot léger des chevaux sur la route molle; le cœur lui défaillait. L'amour qu'il avait apporté dans cette clairière, hésitant encore, était devenu incurable. Il concevait toutes les belles passions de la légende. Il voulait vivre et mourir pour Clotilde de Leuze. Et il sentait que, selon qu'elle l'accompagnerait ou non dans son voyage terrestre, son sort serait divin ou misérable...

Le bruit croissant d'un galop interrompit sa rêverie. Il prit son cheval par la bride et s'enfonça parmi les arbres : toute présence lui eût été importune. Quand il fut assez loin, il tourna la tête. Une colère le saisit; il reconnaissait Montaigle et il ne doutait point qu'il ne vînt là pour Clotilde. Un soupçon le traversa, d'autant plus amer qu'il succédait à des impressions de pureté douloureuse. L'attendait-elle? Savait-elle qu'il passerait par la Croix-de-Boutan?

Il le crut l'espace d'une seconde, puis il se méprisa de l'avoir cru.

— Clotilde ne peut l'aimer *encore*... se dit-il. Elle a parlé selon son cœur, en réprouvant l'amour trop tôt venu. C'est lui qui la cherchait, lui qui a su qu'elle était ici : il doit avoir ses éclaireurs!

Mais sa jalousie persistait. Elle s'agitait en lui comme une bête cruelle, sournoise et dévorante. Il eut un de ces moments de désespoir où l'on est sûr que le rival sera aimé. Il se jeta sur la mousse, et longtemps, la tête contre le sol, il sanglota sourdement et désira la mort.

Montaigle, après une minute d'hésitation, car il croyait bien trouver Clotilde à la Croix-de-Boutan, s'était remis en route. Il galopait violemment. Ce jeune homme volontaire mettait à poursuivre Mlle de Leuze une ardeur de fauve en chasse. Il ne s'étonnait pas de cette passion tôt venue. Il n'en considérait pas non plus les suites. Il croyait à son étoile : toute sa vie n'avait été que victoires ; les choses les plus mal engagées avaient fini heureusement. Cependant, Clotilde le fuyait. Plus encore qu'Hubert, elle trouvait Montaigle plein de haine, et elle frissonnait lorsqu'il était proche. Mais elle ne voulait point, par crainte de cet homme, abandonner ses courses dans les bois. Elle se contentait de le dépister, à l'aide de ses chiens et de la petite Suzanne.

Plusieurs fois cependant, il l'avait rejointe. Elle l'accueillait froidement, elle se dérobait vite à la rencontre. D'ailleurs, il n'insistait pas. Il lui suffisait d'ajouter aux visites officielles ces apparitions rapides. Il croyait moins à la nécessité des longues entrevues qu'aux rencontres fréquentes : il estimait que l'amour se prépare par des escarmouches et des reconnaissances, et non par des batailles.

Mais il se piquait au jeu et, craignant d'être distancé par un rival, il commençait à perdre patience. Sa passion, d'ailleurs, grandissait. Après sa chevauchée sur la côte du Haut-Pré, il n'avait songé d'abord qu'à vaincre Hubert, forcer la préférence de Clotilde et, par là, humilier le rival. L'amour entrait pour peu dans ce projet : Montaigle voulait non pas séduire Clotilde, mais nouer une idylle où il prendrait toutes les privautés, hors celles qui sont irréparables. Il romprait à temps, peu soucieux si, après, Mlle de Leuze revenait à Sauvaize. Tout était bien, pourvu que sa volonté triomphât.

Il avait compté sans l'irrésistible séduction de Clotilde. Dans toutes ces petites escar-

mouches, comme il disait, il avait été vaincu. Il avait appris à ses dépens, chaque jour un peu davantage, que c'était ici une de ces jeunes filles infiniment précieuses, dont la nature n'en réussit pas une sur des millions. Tous ses souvenirs galants pâlissaient lorsque ses yeux rencontraient le regard sensitif, d'où la vie jaillissait si superbe et si douce. Et cette beauté, éblouissante et rare dès la première rencontre, se multipliait, variait sans cesse, étonnait et déconcertait à chaque entrevue.

Alors, il la voulut. Il agita le projet de la séduire. C'était l'exil du pays, mais ce pays, où il venait d'hériter un opulent domaine, lui était indifférent : il vendrait le domaine. Fallait-il aussi appréhender la vengeance de Moreuil ou de Sauvaize ? Cette vengeance n'aboutirait fatalement qu'à des duels. Or, un duel avec Hubert ne pouvait que lui plaire ; et si Moreuil était un adversaire redoutable, Montaigle ne craignait personne.

Il devina vite qu'il n'avait presque aucune chance de séduire Clotilde. Mieux qu'Hubert, il eut l'intuition du caractère de cette jeune fille. Le seul point qu'il ne comprit guère — car rien en lui n'y correspondait — c'est le sentiment particulier qu'elle avait de l'amour. Il vit très bien qu'elle n'appartiendrait jamais à un amant, mais il supposa qu'elle pourrait rapidement s'attacher à un fiancé... Un fiancé ! Il fut bien près d'abandonner l'aventure. Il aimait sa liberté. Il ne comptait se marier que bien plus tard, dans quinze, dans vingt ans peut-être, à moins d'une immense aubaine. Énergique et prompt, il fit ses préparatifs de départ. Mais il revit Clotilde. Pour la première fois de sa vie, il revint sur une résolution grave : il resta, il commença d'admettre le mariage et, passant en revue ses *espérances*, il se dit qu'il serait assez riche pour deux.

Alors, quoique gardant un sourd espoir de séduction, il se lança à corps perdu dans cette aventure, dompté par une passion plus forte que son destin.

Montaigle poursuivait sa course. Sa déconvenue l'animait ; il y avait d'ailleurs dans ce jeune homme un instinct de chasseur que passionnait la poursuite. Il courait à l'aventure, rien ne lui indiquant la direction prise par Clotilde, mais le hasard le servit. Au carrefour, comme il allait continuer en ligne droite, il vit par terre un bouquet de violettes, dans la route transversale. Il descendit de cheval, saisit ardemment les fleurs, et reprit sa route. Bientôt, il aperçut Clotilde.

Elle filait au trot, côte à côte avec la petite Suzanne. Elle s'aperçut qu'elle était dépistée, et dès lors dédaigna de hâter sa course. Mais elle était troublée. Montaigle l'inquiétait et lui inspirait de la crainte. Presque toujours ses sympathies ou ses antipathies étaient longues à se déclarer. On eût dit que son instinct même avait un souci de justice, et lui défendait ces impulsions trop promptes qui font accueillir trop bien ou trop mal les nouveaux venus :

— Vous avez, dit Robert en l'abordant, perdu vos violettes.

Elle sourit et fit un geste pour reprendre son bouquet. Il repartit d'un ton de prière :

— Ne soyez pas moins bonne que le hasard : laissez-les-moi.

— Je vous les laisse, fit-elle avec une légère roideur, mais je ne vous les donne pas.

Il n'insista point ; il devinait qu'une niaiserie galante n'avancerait pas ses affaires :

— Je vous poursuivais, dit-il gravement et avec un peu de tristesse.

Elle ne répondit pas.

— Vous ne voulez pas que je vous dise pourquoi ? fit-il en se penchant vers elle.

Elle se tourna vers lui, elle vit ces yeux de feu, ce beau visage mâle animé par la passion ; un léger frémissement lui passa sur la nuque :

— Je ne suis pas curieuse, dit-elle d'une voix blanche.

Il regarda autour de lui, il vit Suzon qui les suivait à dix mètres.

— Je sens, murmura-t-il avec ferveur, chaque jour davantage, qu'aucune femme ne pourra me consoler, si je ne puis partager ma vie avec vous...

Elle soupira. Une amertume contracta ses lèvres et elle dit tout bas :

— Je ne peux rien vous répondre.

— Mais je ne l'espérais pas, fit-il avec grâce, encore qu'au fond il fût désappointé..

Elle leva les sourcils, étonnée :

— Alors, pourquoi m'avez-vous dit cela ?

— Je pourrais vous répondre que je n'avais pas de motif, et en un sens, c'est vrai : ma volonté ne m'appartient plus. Mais si d'une part l'impulsion a été irrésistible, je n'ai pu m'empêcher de croire qu'en parlant je me créais une petite... une toute petite chance pour l'avenir. Il n'est jamais indifférent à une femme de savoir qu'on l'aime. Elle y pense, elle ne saurait pas ne pas y penser. Et si vous devez un jour avoir pitié de moi, j'aurai aidé à faire venir ce jour plus vite !

— C'est juste, dit-elle ingénument. Mais en quoi ai-je pu vous plaire ? Vous me connaissez à peine.

— Ah ! fit-il avec véhémence... on ne connaît jamais personne. Il y a toujours du hasard dans l'amour, et j'ai vu si souvent que les sympathies les plus vite venues sont encore les meilleures ! Compter sur l'habitude est une folie. Elle nous aveugle !... Je suis sûr de vous connaître, pour l'essentiel, autant qu'après dix ans de fréquentation.

— Mais moi, je ne suis pas ainsi. J'ai besoin de revoir souvent un être avant de m'en faire une idée quelconque. Je n'appelle pas cela l'habitude. Et je ne crois pas non plus que l'habitude nous aveugle si nous ne sommes pas aveugles-nés. Elle nous adapte, ou elle nous rend indifférents.

Ils traversèrent une éclaircie, puis ils entrèrent dans une haute futaie. Une ombre violette veloutait le visage de Clotilde ; ses prunelles, au sortir de la lumière, palpitaient en se dilatant. Dans l'air léger on eût dit qu'un subtil parfumeur secouait des sachets d'essences. Il dit brusquement :

— Je ne vous déplais pas ?

Et comme elle hésitait :

— Je vous en supplie... soyez sincère.

— Sincère ? dit-elle avec un tremblement... Eh bien ! vous ne me déplaisez pas, mais vous m'effrayez.

Cela agréait au jeune homme : il avait, le plus souvent, suscité un peu de crainte chez celles qu'il avait séduites. Il s'inclina vers elle ; il dit d'une voix creuse, impressionnante :

— Je vous aime !

Ses yeux luisaient extraordinairement. L'énergie durcissait sa face. Clotilde se courbait un peu, surprise, angoissée, indignée aussi. Et il reprit, avec une douceur voulue :

— Je vous veux, mais je vous veux pour vous obéir humblement... pour être le serviteur de tous vos caprices...

Le parc apparaissait, aux confins du bois, environné de sa grille rouilleuse :

— Voulez-vous que je vous laisse maintenant ? dit-il, moins par discrétion que par le désir qu'il y eût entre eux une petite complicité.

— Votre intention était-elle d'aller au château ?

— Oui.

— Alors, pourquoi n'iriez-vous pas ?

Il se mordit la lèvre et suivit la jeune fille en silence.

Hubert les avait devancés. Il causait avec Moreuil et Mme de Leuze, lorsqu'il les aperçut dans l'allée des hêtres rouges :

— Tiens, fit Moreuil joyeusement, voilà Montaïgle...

Il ne vit pas se contracter le visage d'Hubert, mais Mme de Leuze le vit et sourit ironiquement.

Montaigle entra dans la véranda, tandis que la jeune fille se contentait de jeter un bonjour en passant. Lorsque son rival lui tendit la main, Hubert se souvint que Clotilde ne voulait pas de haine : il s'efforça de faire un sourire de bon accueil. Mais ses yeux rencontrèrent un regard dur et menaçant. Un souffle froid passa. Sauvaize pressentit que rien ne désarmerait Robert, sinon un triomphe complet — l'amour de Clotilde ou la mort de l'adversaire — et que la guerre entre eux était aussi sauvagement déclarée qu'entre deux familles corses.

VI

Clotilde souffrait. Elle avait toujours vécu heureuse aux Aulnes et, comme elle l'avait dit à Hubert, elle ne rêvait pas encore d'amour. Les chevauchées, l'affect on des

siens, des rêves confus et très doux, quelques lectures, cela suffisait à remplir sa vie d'enchantement. Peut-être, mais rarement, quelque silhouette d'amoureux avait traversé sa songerie. D'elle-même, inquiète, elle rejetait bien vite cette vision vers l'avenir. Impressionnable à l'excès, elle sentait dans l'amour une source de souffrance amère et d'insupportable inquiétude. Puis, toute coquetterie lui était étrangère. Elle se savait très belle, mais elle n'en tirait guère de vanité, et redoutait un peu que cette beauté n'entravât son choix.

Jusqu'alors, elle n'avait pas eu de peine à repousser les galanteries d'hommes un peu rustres et qu'elle intimidait. Tout autour des Aulnes, la jeunesse en avait pris son parti. Comme Solange, elle passait pour inaccessible : une telle réputation peut suffire à éloigner les amoureux, pourvu qu'elle soit soutenue par une ligne de conduite inflexible.

Mais il n'était pas aussi facile de rebuter Montaigle et Sauvaize. Le premier, opiniâtre et hardi, intelligent d'ailleurs et très fin, déconcertait Clotilde. Elle le subissait malgré elle ; elle le sentait perpétuellement en chasse, avec une telle volonté de la conquérir, qu'elle en frémissait et que, certains jours, elle avait peine à ne pas éclater en larmes.

Quant à Hubert, il lui avait plu d'abord, comme un ami. Elle avait imaginé qu'il aimerait Solange. Sa surprise avait été pénible lorsqu'elle s'était sentie préférée. Puis, à cette peine, s'était jointe la peur de cette antipathie qui brusquement naissait entre les jeunes gens. Clotilde pressentait un drame et s'en désolait. Elle n'osait cependant se confier à personne. Mme de Leuze, aimante mais énigmatique, même pour sa fille, ne semblait pas une bonne auxiliaire. Et Solange, qu'elle chérissait profondément, ne lui donnerait que des conseils de force, et presque de rudesse, qu'elle ne pourrait pas suivre.

Un après-midi, elle sortit avec Suzon pour visiter la famille d'un charbonnier qui s'était blessé dans les bois.

Il avait plu. De-ci, de-là, les feuillages laissaient encore tomber des gouttes d'eau. Il sortait des futaies une odeur âpre, où la fraîcheur du printemps se mêlait à toutes les mélancolies des plantes mortes. Clotilde aimait ce temps. Elle aspirait avec vivacité les émanations humides, mais elle n'y prenait pas le plaisir accoutumé.

Elle soupira, découragée. Elle eut l'impression d'être semblable à ces petites bêtes qu'elle sauvait volontiers du fusil des chasseurs ou de la griffe des carnassiers :

— Ils m'aiment, songea-t-elle mélancoliquement — mais un peu comme l'aigle aime le ramier... comme mon oncle aime le chevreuil !...

Elle s'efforçait de rire :

— Je suis libre enfin ! Et si je ne veux pas qu'on me poursuive, on ne me poursuivra pas !

Mais, comme presque toutes les femmes, elle n'était pas bien sûre de sa liberté. Esclavage héréditaire ou fatalité naturelle, lorsqu'un amour hardi, volontaire, persistant, les enveloppe, elles ont toutes une crainte obscure. Et combien de fois cette crainte n'est-elle pas le vertige qui les mène à la chute?

Clotilde aperçut la cabane du charbonnier. C'était une pauvre construction d'argile, de bois, de cailloux, mal couverte de chaume, éclairée d'une minuscule fenêtre.

Trois enfants aux cheveux d'étoupe, aux yeux farouches et doux, jouaient dans la clairière. Ils s'arrêtèrent à la vue des chevaux, et ils demeuraient immobiles, bouche bée, malgré la fréquence de cette visite. Une femme se montra dans l'encadrement de la porte. Avec sa poitrine plate, sa tête longue, son menton où fourchait une petite barbe rousse, ses pieds lourds, ses mains couvertes d'une peau écailleuse, elle semblait un homme vêtu d'une cotte et d'une camisole. Sa voix ne démentait pas cette apparence. Mais elle était sympathique; une bonté véritable éclairait ses yeux turquoise; on la devinait courageuse, résignée, oublieuse de soi-même.

A la vue de Clotilde, un sourire extatique montra ses énormes dents jaunes. Ses narines poilues s'ouvrirent pour respirer le parfum de la jeune fille, son visage marqua l'admiration, l'ahurissement, une tendresse idolâtre. Elle s'avança rapidement pour aider Clotilde à descendre de cheval, puis elle parut ressentir une sorte de malaise :

— Vous n'avez pas amené vos chiens, mam'zelle?

— Non, répondit Clotilde étonnée... On dirait que cela vous inquiète?

— Ah ben ! Ah ben ! fit la charbonnière... faudra prendre garde au retour, rapport au fou.

— Quel fou ?

— Le fils au père Mazeux... y s'a échappé et y rôde par les bois.

— Est-ce qu'il est dangereux ?

— Des fois et des fois pas. Il a ses bons jours, puis ses mauvais jours. C'est selon la lune... Quand y a pleine lune, il est méchant !... Pourquoi donc que vous n'avez pas amené vos chiens, mam'zelle ?

— Parce que Rino s'est fait mal à la patte, dit Clotilde en souriant, et qu'il est jaloux quand on le laisse seul.

— Ben ! c'est dommage ! reprit la charbonnière d'un ton soucieux... C'est vrai que c'est pas la pleine lune... Mais elle est cor grosse tout de même...

Clotilde coupa court aux divagations de la bonne femme en demandant :

— Comment va votre mari ?

— Je vais beaucoup mieux, merci Guieu ! dit une grosse voix à l'intérieur de la cabane... Votre docteur y m'a quasiment sauvé... Et l'bon Guieu y vous récompensera ou y n'est pu le bon Guieu...

Le charbonnier était à demi couché, au fond de la pièce, sur un fauteuil que lui avait fait envoyer Clotilde. C'était un homme que le métier ne pouvait beaucoup noircir, tellement il avait la peau basanée. Avec son nez crochu, ses yeux flamboyants, ses cheveux d'encre, on eût dit un bandit de Sicile ou d'Albanie. Ce n'était qu'un pauvre journalier inoffensif, patient et dur à l'ouvrage. Il répéta avec conviction, en homme heureux d'avoir trouvé l'expression exacte de sa pensée:

— Le bon Guieu doit vous récompenser... ou il n'est plus le bon Guieu !

La femme ne disait rien — n'étant pas démonstrative — mais ses yeux se remplirent de larmes.

Cependant, Suzon avait déposé sur la table quelques bouteilles de vin vieux et une cassette de fruits:

— Vous allez me donner l'envie de me casser l'autre jambe! murmura le charbonnier...

Puis son visage devint grave :

— Mam'zelle, dit-il... C'est vrai ce que vous a dit ma femme. Y a le fou qui est lâché dans les bois... C'est ben dommage que vous n'ayez pas vos grands chiens...

— Nous avons nos chevaux, fit gaiement Clotilde... Il ne serait pas facile à un homme de les arrêter.

— Tout de même! C'est qu'il est solide ce fou-là!... Y vous a une sacrée bougresse de poigne! Et pis quoi, c'est les femmes qu'il attaque de préférence... Faut ben regarder, mam'zelle.

— J'vas toujours envoyer Pierrot battre le chemin, fit la charbonnière... Il est fûté! il a bon œil et fine oreille... Et pis, moi j'vas vous accompagner un brin. Avec une bonne trique, eh! mon homme, j'en vaux un autre!

— Pour sûr qu'alle a de la puissance! reprit le charbonnier. C'est-y tannant que je puisse pas marcher!

Clotilde commençait à ressentir quelque malaise. Elle avait les fous en horreur; elle les redoutait plus qu'elle n'eût redouté des bêtes fauves. Et ces futaies qu'elle traversait si familièrement d'habitude, prenaient tout à coup un aspect menaçant et mystérieux de forêt vierge. Mais elle se roidit contre la peur :

— Ne nous accompagnez pas! dit-elle vivement. Nous allons repartir au trot; vous ne pourriez pas nous suivre.

Pierrot déjà était en route. On le voyait se glisser sur la route, attentif et rusé comme un petit sauvage. Et malgré les recommandations de la jeune fille, la charbonnière, ayant pris une énorme trique, s'apprêtait au départ. Vivement, Clotilde et Suzon bondirent en selle et déjouèrent les projets de la pauvre femme en filant à grande vitesse.

— Y a pas! Le bon Guieu y doit la protéger, fit l'homme...

La femme secouait la tête avec inquiétude.

Après avoir gagné un millier de mètres, Clotilde ralentit sa course, afin de laisser respirer le poney de Suzon qui n'aurait pu longtemps soutenir le galop. La course, en

l'animant, l'avait un peu rassurée. Elle surveillait cependant attentivement les sousbois :

— Suzon, fit-elle, tu regarderas à droite.

Les arbres se pressaient. Elles allaient traverser la partie la plus sauvage de la forêt Et dans la pénombre épaissie, devant ces milliers de troncs qui se pressaient silencieusement sous une mer de feuillages, les jeunes filles se sentaient faibles et désarmées.

La route se rétrécit. Le trot des chevaux s'assourdit sur la terre plus molle, un gros nuage cacha le soleil; la forêt devint presque obscure. Alors, l'épouvante revint au cœur de Clotilde. Elle comprit qu'elle était à la merci du hasard.

— Mademoiselle, murmura Suzon, il me semble...

L'enfant était livide et claquait des dents. Elle désignait du doigt une forme confuse qui semblait un homme aux écoutes, à deux cents pas sous la futaie. D'un commun accord, elles s'arrêtèrent, prêtes à rebrousser chemin au premier mouvement suspect. Rien ne bougea, et, regardant avec attention, elles reconnurent un tronçon de bouleau frappé par la foudre. Suzon rit, mais nerveusement :

— Allons! fit Clotilde... Nous sommes presque à mi-route!

Mais, au moment où elles allaient reprendre leur course, Clotilde tendit l'oreille. Il lui avait semblé entendre le galop d'un cheval. Soit qu'elle se fût trompée, soit que le cavalier lointain se fût arrêté, elles n'entendirent plus rien.

— Tu n'entends rien, Suzon ?

— Rien, mademoiselle.

— Je me serai trompée... en route!

De nouveau la haute futaie se mit à fuir à droite et à gauche des écuyères. Les nuages s'épaississaient; une fièvre sourde montait de la terre et frémissait dans les feuillages; l'air oppressait; on sentait que la foudre s'amassait lentement dans l'espace. Clotilde désira l'orage. Elle pensa que, sans doute, comme les animaux, le fou chercherait un abri contre le météore...

Brusquement, les chevaux se cabrèrent. Un homme venait de surgir du sol. Il était grand, l'air terrible, les yeux phosphorescents;

il agitait une espèce de massue de bois de chêne :

— Hardi, Suzon ! s'écria Mⁿᵉ de Leuze... Il faut passer...

L'enfant, terrifiée, frappa machinalement son poney. Les deux bêtes nerveuses s'enlevèrent. Celle de Suzon passa, mais, d'un élan immense, l'homme bondit sur le cheval de Clotilde et le tenant d'une main à la crinière, de l'autre aux naseaux, après quelques bonds, il l'arrêta.

Il ne l'arrêta qu'une minute.

Devant le péril immédiat, la crainte de Clotilde s'était dissipée. Toute la bravoure de sa race bouillonna dans sa poitrine. Et d'un grand coup de cravache, enlevant sa monture, déjà elle échappait, lorsqu'elle se sentit saisie à la taille. Elle ne put résister à une étreinte formidable ; elle resta dans les bras de l'homme, tandis que le cheval, libre, bondissait follement sous les branches :

— Je suis perdue ! pensa-t-elle.

Mais elle gardait son sang-froid ; elle regardait fixement l'homme. C'était un grand visage velu, furieusement contracté, au menton immense. Les lèvres étaient retroussées et montraient des dents très blanches, pointues, qui grinçaient, et les yeux de flamme frappaient par une extraordinaire pâleur : on eût dit des eaux à peine teintées de vert, traversées par des étincelles électriques. Clotilde ne se détourna pas, elle darda longuement ses prunelles dans ces prunelles frénétiques : et elle dit, d'un ton tranquille :

— Lâchez-moi.

Il la lâcha. Ses dents cessèrent de grincer. Il la contemplait avec un étonnement qui, peu à peu, se convertissait en une sorte de douceur hagarde :

—J'ai beaucoup travaillé ! dit-il gravement. Je suis fatigué. J'ai créé le Ciel et la Terre en six jours ! Je suis très fatigué et j'ai besoin de repos.

Ses yeux roulèrent comme des boules de feu, puis il se mit à rire pesamment :

— Il n'est pas bon d'être seul. Venez avec moi. Vous serez la femme de Dieu !... Je créerai tout pour vous... Tout ! je peux tout créer... Et puis nous nous reposerons ensemble... Allons, il faut venir... J'ai le Ciel,

là-bas... C'est grand : nous aurons de la place !

— Eh bien, oui, allons ! dit très doucement la jeune fille...

Et elle se mit à marcher sur la route.

— Le ciel n'est pas là ! s'écria le fou avec agitation.

— Si ! si ! il est là ! dit Clotilde d'un air de certitude.

Elle continuait à marcher. Il hésitait, à demi convaincu. Mais son humeur tourna brusquement ; il s'écria d'une voix tonnante :

— Ah ! ah ! vous voulez me tromper... Vous voulez tromper le Créateur !

Il sauta sur elle et referma de nouveau ses bras puissants. La passion houlait hideusement sur son visage et il murmurait d'une voix ardente :

— Vous voulez me tromper, mais je vous aime ! Et vous serez heureuse... Venez !

Il ne la lâchait plus, il l'emportait par les bois, pour une aventure innomable. Elle ne criait pas. C'était inutile. Elle se sentait prise dans une force immonde mais invincible. Elle se préparait à mourir...

Brusquement, elle entendit de nouveau, à l'orient, le galop d'un cheval.

Elle se retourna, elle appela d'une voix éclatante. L'homme, d'abord étonné, parut comprendre : avec une lucidité d'esprit qui, d'ailleurs, n'est pas rare chez les fous, il prit immédiatement ses mesures. Sa grosse main s'abattit sur la bouche de Clotilde, et en quelques minutes, il gagna un fourré.

De là, il surveillait la route, sans cesser d'étouffer les cris de sa prisonnière :

— Pas la peine, fit-il... Je connais la forêt... On ne m'échappe pas !

Son visage attentif, ses yeux vifs, ne marquaient plus le trouble d'un esprit malade, mais la ruse d'un sauvage. Le cavalier passa, indécis. Son regard se portait alternativement à droite et à gauche du chemin. Clotilde entendait le pas du cheval mais elle ne voyait rien : son visage était tourné vers le ciel ; une main de fer pressait ses mâchoires. Et sans doute la retraite du fou n'eût pas été découverte si Suzanne, dominant sa terreur, n'était revenue sur ses pas. Elle avait vu de loin presque toute la scène. Quand elle reconnut Hubert dans le nouveau venu, elle poussa un cri de joie; et elle s'écria d'une voix haletante :

— Le fou a enlevé ma maîtresse... il est là ! là !... dans le fourré !

L'espace d'une seconde, Hubert demeura stupéfait. Cent imaginations fantastiques lui traversèrent le cerveau. Mais l'urgence de l'action lui apparut et, bondissant de cheval, sans perdre de temps à interroger la petite paysanne, il s'élança sous bois.

Le fou n'hésita pas longtemps sur le parti à prendre. Il comprit que, chargé d'un fardeau, il n'échapperait pas au jeune homme agile qui accourait. Sortant brusquement du couvert, il fit tournoyer son énorme gourdin. Hubert s'arrêta. Il n'avait d'armes que sa cravache, et il fallait vaincre. Il recula en regardant autour de lui, suivi du fou qui grognait comme un dogue :

— Ici, monsieur, cria Suzanne.

Elle tenait une grosse branche, chargée de feuilles et de rameaux, arme difficile à manier, avec laquelle Hubert résolut de tenter l'aventure. Il la prit par son extrémité la moins grosse, à deux mains, et se posta devant le fou :

— Fuyez, monsieur de Sauvaize, s'écria Clotilde d'une voix suppliante...

Elle apparaissait en désordre, chancelante, sa vue remplit Hubert d'amour héroïque.

— Fuyez vous-même, dit tranquillement Hubert... tant que vous ne serez pas saine et sauve, je ne ferai pas un pas en arrière... Suzanne, emmène ta maîtresse...

Le fou attaqua. Sa massue tourna sur la tête de Sauvaize. Mais elle ne parvint pas au but : frappée du gros bout de la branche, elle faillit s'échapper de la main musculeuse qui la brandissait. Hubert riposta; il atteignit son adversaire à l'épaule. Mais ce coup, à demi paré, ne fit qu'exaspérer la fureur de l'autre. De nouveau le gourdin s'abattit avec une rapidité foudroyante — de nouveau il rencontra la branche. Les armes se choquèrent avec une telle force que la massue cette fois volait à dix mètres. La branche l'aurait suivie si elle n'avait été tenue à deux poings. D'ailleurs, Hubert n'eut pas le temps de frapper un nouveau coup. Son

adversaire venait de s'agripper à son arme.

— Sauvez-vous ! cria encore le jeune homme d'une voix suppliante... Vous ne pouvez me servir à rien.

Mais Clotilde ne voulait pas fuir. Elle s'avançait vers les combattants, résolue à porter secours à Sauvaize, — et elle serait parvenue jusqu'à eux, si la petite Suzanne ne l'avait violemment saisie à la taille.

— Courage, Suzanne ! s'exclama Hubert.

Le fou avait d'abord essayé de s'emparer de la branche. Il la secouait de toute la puissance de ses mains formidables. Mais Sauvaize tenait ferme. Alors, le fou ne songea plus qu'à se rapprocher; ses mains avançaient rapides, de rameau en rameau. Tout à coup le poing du jeune homme frappa. Etourdi d'abord, l'autre se baissa, se précipita à corps perdu, lâchant tout. Hubert n'eut que le temps de lâcher à son tour et de lancer un second coup de poing pour retarder d'une seconde le corps à corps, puis il sauta en arrière suivi du frénétique qui ne voulait plus que l'étreindre. Ce fut la minute effroyable. Deux fois les énormes mains s'abattirent sur les épaules du jeune homme malgré une grêle de coups de poing, deux fois Hubert s'arracha à l'abordage et se remit en garde :

— A mort ! à mort ! hurlait la brute.

Son grand corps se leva dans sa force; il bondit comme un lion. Mais les deux poings de Sauvaize, avec une précision terrible, s'enfoncèrent au creux de l'estomac du fou, qui privé du souffle, évanoui, s'abattit sur le sol de la forêt.

En s'écroulant, il avait entraîné Sauvaize dont la tête porta violemment contre une aspérité : du sang jaillit près de la tempe. Mais Hubert se releva aussitôt, et emmena vivement les jeunes filles :

— Vous êtes blessé? s'écria Clotilde avec inquiétude.

— Ce n'est rien... ce n'est rien ! Il faut regagner le château.

Le fou était encore évanoui lorsqu'ils rejoignirent le chemin : par bonheur aucun des chevaux n'était loin. En moins de cinq minutes tous trois furent en selle :

— En route ! s'écria Hubert qui restait

pâle et dont la blessure saignait abondamment.

Il se sentait faiblir et d'autant plus pressé de mettre ses compagnes à l'abri. Au moment où les chevaux s'ébranlaient, on vit le fou se redresser lentement sur ses genoux. Il poussa une clameur rauque, il montra le poing aux fugitifs.

— Monsieur, dit Clotilde, quand ils eurent franchi quelques centaines de mètres, vous m'avez sauvé la vie... plus que la vie peut-être !...

Elle s'interrompit en voyant que le sang teignait en rouge le cou et l'épaule du jeune homme. Hubert devenait de plus en plus pâle

— Arrêtons-nous ! fit-elle vivement, il faut panser cette blessure.

— Pas encore, je vous en supplie... Nous ne sommes qu'à un quart d'heure du château.

Et il poussait sa monture. Elle le suivit en silence, angoissée. Peu à peu, les mains d'Hubert cessèrent de serrer la bride. Son corps ballotta, ses yeux se fermèrent. Les deux amazones purent arrêter le cheval à temps, puis, avec des peines infinies, elles descendirent Sauvaize sur la mousse :

— Cours au château ! dit Clotilde à la petite paysanne... Ramène autant d'hommes que tu pourras... Va ! ne perds pas une minute.

Elle resta seule avec Hubert évanoui. Il était livide, son cœur battait à peine. Clotilde mit son mouchoir en tampon sur la blessure, ôta sa lavallière de soie blanche et la noua autour de la tête d'Hubert. Elle avait agi avec promptitude et décision, mais quand ce fut fait, peu s'en fallut qu'elle ne s'évanouît elle-même.

— Pauvre garçon ! murmura-t-elle.

Et elle le contemplait avec une pitié profonde, avec une gratitude infinie. Dans ce moment, elle se fût sacrifiée, elle eût consenti à être sa femme. Son cœur palpitait, mais non d'amour. C'était quelque chose de doux et de confiant, avec un peu d'admiration pour la manière efficace dont il l'avait défendue contre un péril hideux... Elle revoyait encore cette lutte sauvage ; sa chair délicate frissonnait. Quand la brute avait

bondi pour la dernière fois, elle avait bien cru que tout était perdu... Mais non, cet homme évanoui à ses pieds, qui n'avait d'autre protection que deux frêles mains de femme, avait su vaincre... Quelque chose remua sur le terreau. Clotilde se dressa éperdue. N'était-ce pas le fou qui revenait ? Elle regarda, attentive. Rien n'apparaissait parmi les fûts silencieux ; rien ne bougeait, sinon Hubert qui venait de lever légèrement la main. Il poussa un soupir et ouvrit des yeux d'abord vagues, mais qui s'animèrent en reconnaissant Clotilde :

— Hélas ! balbutia-t-il... je n'ai pas su vous protéger jusqu'au bout !

— Nous sommes sains et saufs, dit-elle presque tendrement, on va venir nous chercher.

Leurs regards se pénétrèrent, celui de Clotilde brillant d'émotion reconnaissante, celui d'Hubert plein d'un amour humble et craintif.

IX

Hubert avait vu Clotilde se diriger vers la gauche du parc. Résolu à lui parler, il se glissa sous les hêtres, passa le ruisseau et se trouva près de la grille, sans avoir revu la jeune fille. Il se remit en chasse, car c'était une chasse et qui durait depuis plusieurs jours. Malgré tous ses efforts et ses ruses, il ne parvenait plus à rencontrer Clotilde en tête à tête. Elle le fuyait avec une adresse subtile, sans en avoir l'air ; elle pressentait de loin sa présence.

Le matin était encore frais ; un peu de rosée tremblotait dans les pénombres ; mais le ciel promettait une chaleur ardente. Hubert coupa par le sous-bois. Une robe claire apparut ; il marcha plus vite, il courut presque ; il lui semblait que s'il échouait dans sa poursuite, il devait s'attendre à un désastre. Un moment la robe disparut à un carrefour. Il désespéra. Mais après quelques minutes, il la vit reparaître. Alors, craignant de la perdre encore, il bondit et il reconnut brusquement M⁰ᵉ de Leuze. Elle s'était arrêtée, elle le regardait venir. Quand il fut proche, elle dit avec son sourire étrange :

— Vous me poursuiviez, monsieur ?

Il la regardait, consterné et honteux. Elle, tranquille, avec une ironie presque imperceptible :

— On dit que, sur le champ de bataille, il n'y a pas une balle sur mille qui aille au but. Ce serait déjà une belle moyenne pour les actes de l'homme. Quant à moi, j'ai rarement vu autre chose que du hasard !

Il se jeta avec ardeur sur la perche qu'elle lui tendait.

— En vérité, fit-il... ne croyez-vous pas plutôt à une prédestination qu'au hasard ? Il me semble qu'il y a perpétuellement quelque chose qui se joue de nous !

— C'est nous faire trop d'honneur. L'être ou les êtres cachés qui se joueraient de nous seraient de beaux niais !... Je préfère croire au désordre... aux balles perdues par notre maladresse. Nos heurs et nos malheurs ne sont vraiment que des hasards.

— Alors un Bonaparte... un Richelieu...

— C'est de la mythologie. Ni l'un ni l'autre n'ont existé...

— Napoléon est un mythe solaire ? fit Hubert en souriant.

— Ce n'est pas ainsi que je l'entends... Je veux dire que leurs plans, leurs batailles, leurs réformes, leurs lois, tout ça n'a presque rien à faire avec eux. Cela s'est fait non seulement indépendamment d'eux, mais souvent malgré et contre eux. Croyez-vous que Bonaparte soit allé se faire battre en Egypte ? Non, il croyait devenir empereur d'Orient. Croyez-vous qu'il ait gagné Marengo ou même Austerlitz ? Pas plus qu'il n'a perdu Waterloo !... Un roman d'Alexandre Dumas est plus vrai que tous les travaux de ces imbéciles qu'on nomme des historiens !

Elle s'interrompit et fixa sur Hubert ses beaux yeux restés si jeunes et si lumineux :

— Alors, vous me poursuiviez ?

Il se croyait déjà sauvé. Il rougit, il n'osa soutenir le regard de la singulière femme.

— Bon ! reprit-elle... vous ne me poursuiviez pas... Qui donc poursuiviez-vous ? Solange, peut-être, ou bien mon frère ?

Au léger sarcasme de la voix, il rougissait, interdit, le cœur battant. Il ne savait que dire. En tout temps, depuis que leurs regards s'étaient croisés pour la première fois, il avait subi l'ascendant de Mme de Leuze. Il la redoutait, tantôt attiré vers elle par une sympathie incompréhensible, tantôt mis en garde par une crispation de la bouche amère ou par un geste de la petite main sèche.

Il fallait parler cependant. Il eût bien voulu badiner, ou trouver un prétexte pour s'enfuir. Mais son émotion le rendait gauche comme un écolier devant son maître. Et il comprit pourquoi les coupables avouent. La vérité lui vint aux lèvres, irrésistible. Il murmura d'une voix rauque et humble :

— Ce n'est ni vous, ni Mlle de Moreuil, ni mon hôte que je cherchais, madame...

— C'est ? fit-elle impitoyable.

— C'est votre fille, dit-il brusquement... Vous le savez bien, madame, que je l'aime !

— Non, répondit-elle durement, je ne le sais pas.

— J'aurais cru, reprit-il plus bas encore, qu'on ne pouvait pas facilement vous cacher ce que vous vouliez savoir.

— Oh ! s'écria-t-elle d'une voix mordante, il ne faut pas être grand clerc pour savoir que vous avez du goût pour ma fille. La naïveté de vos ruses les rend presque touchantes. Mais quant à savoir si vous l'aimez, c'est une autre affaire ! Entre l'amour et les sentiments qui le singent, il y a des subtilités qui défient l'esprit le plus retors et le plus intuitif. Chez l'homme, il y a une telle lâcheté native, une telle fausseté, vis-à-vis de la femme, qu'on ne peut rien savoir avant l'épreuve... Et cette lâcheté est encore accrue par l'affreuse éducation qu'on vous donne... Vous partez tous, beaux ou laids, bêtes ou spirituels, pour la conquête, pour la séduction féroce !

— Madame, fit-il avec agitation... on nous apprend à respecter les jeunes filles...

— ... De votre monde ! interrompit-elle avec hauteur. Eh ! monsieur, on vous aurait appris à ne pas les respecter, qu'il en rait de même, lorsqu'il s'agit d'une Clotilde de Leuze !... Seulement, vous apportez auprès des jeunes filles vos penchants odieux... et pour rester physiquement corrects, vos flirts peuvent briser, décourager à jamais un cœur neuf.

Il répondit d'un accent profond :

— J'aime véritablement, et pour toujours, M¹¹ᵉ de Leuze !

— Bien ça ! fit-elle, radoucie. Vous êtes sincère en parlant ainsi. Mais ça ne prouve aucunement que votre amour ne soit pas une illusion ! Vous ne pourriez vous-même en répondre qu'après beaucoup de temps. Jugez si je ne puis me faire une opinion raisonnable !

— Il y a des circonstances où le temps compte double... où l'on apprend à mieux connaître quelqu'un qu'en dix ans de fréquentation banale. Je suis sûr d'avoir entrevu toutes les qualités de M¹¹ᵉ de Leuze. — Je suis sûr de ne rencontrer jamais personne que je pourrais aimer comme elle. Hélas ! ce n'est pas de savoir si j'aime ou si je n'aime pas qui est en question !... L'obstacle entre elle et moi est plus grave : c'est mon indignité. Mais qui serait digne de l'avoir pour femme ?

Il parlait avec un recueillement, une gravité douce, qui parut désarmer son interlocutrice. Il y eut un silence. Une mésange s'abattit sur la mousse, un ramier roucoula dans les feuillages et, très loin, la voix d'un coucou parut sonner l'heure.

Elle reprit :

— J'ai bien envie de partir avec Clotilde !... ce serait la solution raisonnable.

Il blêmit, ses mains frissonnèrent comme les branches des hêtres, il fixa sur elle un regard dilaté par la crainte.

— Eh oui ! poursuivit-elle... Ce serait la délivrance pour tout le monde... mon devoir non seulement envers ma fille, mais envers vous. Car enfin, cher monsieur, vous êtes aux Aulnes pour subir une épreuve mystérieuse... laquelle ne peut se rattacher qu'à mon frère et à ma nièce... et non à nous. Je ne me pardonnerais pas de vous avoir fait perdre une fortune !

— Ah ! cria-t-il passionnément, de quel cœur j'y renoncerais, à cette fortune, si je pouvais espérer votre indulgence et l'affection de M¹¹ᵉ de Leuze !

Le sourire amer reparut sur les yeux luisants ; la bouche redevint dure :

— Ce sont de ces sacrifices que l'on fait dans un moment d'exaltation, et qu'on regrette violemment plus tard. Je ne veux pas exposer légèrement le sort de ma fille.

— Je vous jure...

— ... Que vous ne regretterez rien. Jurez-moi plutôt que vous n'aimez pas l'argent, que vous ne l'avez jamais aimé... que vous avez accueilli gaiement la perte de votre héritage... jurez-moi cela si vous l'osez ?

Il ne pouvait se détacher du regard impérieux qui l'interrogeait. Et il se taisait, atterré, sachant bien qu'il n'oserait pas mentir.

— Eh bien ! dit-elle, avec une nuance de pitié... vous ne jurez pas ?

— Je jure que je ne pense plus à l'argent, que cet héritage m'est devenu indifférent... que mon amour pour votre fille emplit toute ma pensée.

— C'est bien répondu ! ricana-t-elle... mais j'en conclus que vous aimiez l'argent — oh ! sûrement pas par cupidité, mais pour tout ce qu'il représente de puissance et de bonheur... — j'en conclus que vous avez vivement regretté la fortune qui vous échappait... J'en conclus encore que, votre exaltation passée, tous les regrets reviendront — et avec quelle force accrue si, en définitive, il se trouvait que vous perdiez l'héritage par votre propre faute !... J'ai charge d'âme, cher monsieur : je n'édifierai pas l'avenir de ma fille sur le sable ! Heureusement elle a compris... elle a devancé mes ordres : car vous ne la voyez pas souvent, n'est-ce pas, depuis une semaine ?

— Ayez pitié de moi ! s'écria-t-il, hors de lui... Ne quittez pas les Aulnes... vous pourriez être la cause d'un...

Il s'interrompit, honteux des paroles qui avaient failli lui échapper.

— Ce n'est guère courageux ni digne ce que vous alliez dire là... Heureusement encore que vous ne l'avez pas dit ! Heureusement aussi que *vous ne le feriez pas !*

— Vous avez raison, murmura-t-il en baissant la tête.

Mais comme elle faisait mine de s'éloigner, après un petit salut sec, il la retint :

— Encore un mot, je vous en supplie !...

Elle s'arrêta, l'œil interrogateur, et comme il se taisait :

— Allons, dites tout de même, fit-elle avec une sorte de bonhomie.

— Eh bien ! tenez-vous personnellement à l'argent ?

— Pour moi, non. Je suis finie. Mais j'y ai tenu, et j'y tiens à présent, pour Clotilde.

— Ah ! murmura-t-il, pâlissant... vous voulez qu'elle soit riche...

Elle eut un petit rire inquiétant ; une malice plissa ses paupières :

— Je le veux, mais pas férocement... je le veux comme une garantie... Si j'étais sûre du cœur de mon gendre, je n'y attacherais pas une si grande importance après tout ! Car, à le bien prendre, Clotilde est la personne au monde qui a le moins besoin d'argent... Elle peut vivre heureuse à la campagne, dans une condition médiocre, sans seulement songer à sa condition. Avec un mari simple de goûts comme elle, quinze mille livres de rente lui assureraient une existence aussi heureuse que cent mille.

— Alors, fit-il, insistant, l'argent n'est pas un obstacle véritable.

— Non... si j'étais sûre, *moi*, des qualités de l'homme que Clotilde aimera.

Elle avait pris une physionomie glaciale, opiniâtre, indomptable ; il sentit qu'en effet, sans son consentement, nul n'aurait Clotilde.

— Et si vous n'en étiez pas tout à fait sûre ?

— Alors j'exigerais l'argent, je l'ai déjà dit, comme une *garantie*. En cas d'incompatibilité, l'argent est indispensable pour atténuer, pour masquer le malheur... pour lui donner une dignité.

— Il m'a semblé, dit-il si bas qu'on l'entendait à peine, que je vous déplaisais certains jours...

— C'est vrai... comme aussi vous me plaisez quelquefois. Je suis ainsi, jusqu'au moment où enfin j'ai nettement classé les gens parmi mes intimes, mes ennemis, ou les indifférents. Je suis lente à me décider... C'est tout ce que vous avez à me demander ?...

— Oui, fit-il d'une voix tremblante... Je sais que j'ai infiniment abusé de votre patience... mais j'espère que vous me le pardonnerez cependant...

— Bon ! je n'y pense déjà plus !

Elle s'en alla, avec son inquiétant sourire. Il demeurait dans le sentier, indécis et mélancolique. Chaque jour sa vie devenait plus obscure, son avenir plus indéchiffrable. Quand bien même il conquerrait Clotilde, la solu-

tion n'en resterait pas moins en suspens, si, du même coup, il ne pouvait vaincre l'opposition de Mme de Leuze. Et comment la vaincre ? Aucune créature n'était plus insaisissable.

Pendant qu'il rêvait, accoté à un arbre, Clotilde avait dépassé le parc. Elle était à pied, avec son éternelle Suzanne, et, après une marche rapide pour dépister Hubert, elle avait ralenti. Il y avait une langueur sur sa bouche rouge et sur ses yeux étincelants. Elle s'arrêta auprès de la petite rivière et, longtemps, regarda couler l'eau. C'est l'éternel plaisir des âmes indécises et Clotilde avait l'âme indécise. Elle avait pitié d'Hubert ; elle s'intéressait à son sort ; sincèrement, elle cherchait quelque moyen de le guérir d'elle et de le remettre dans le bon chemin. Mais elle n'avait d'expérience que celle qui lui venait de ses courses dans les bois, de ses discussions avec Moreuil, de ses causeries avec Solange. Convaincue qu'il fallait fuir Sauvaize, elle le fuyait en conscience. Cela ne semblait pas très efficace. Et elle se demandait, avec un effroi véritable, si ce jeune homme s'obstinerait à l'aimer. Elle se reprochait d'avoir inspiré ce sentiment déraisonnable qui pouvait conduire Hubert à sa ruine...

Pendant que Suzanne jetait des brindilles dans le courant, elle tournait et retournait cet angoissant problème. Elle ne pensait pas à elle-même. Car si sa sympathie pour Hubert s'était accrue, elle ne sentait aucun de ces mouvements qui portent à vouloir unir sa vie à celle d'un autre être. Comme naguère, elle ne songeait pas à l'avenir, et l'amour l'y eût fait songer !

— Maman seule pourrait m'aider, se dit-elle...

Elle suivit de l'œil une des brindilles qui disparaissait au tournant de la rivière et soupira. Elle adorait sa mère, mais elle la craignait et elle la connaissait aussi peu que si elles eussent vécu à mille lieues l'une de l'autre. Elle devinait seulement que Mme de Leuze était infiniment pénétrante, toute pétrie d'expérience, désenchantée et amère, dédaigneuse. Avec sa fille, comme d'ailleurs avec Moreuil et Solange, elle était volontiers taciturne, parlait en phrases courtes et ironiques.

Elle devait se douter de la poursuite d'Hubert, mais demeurait impénétrable. Et Clotilde frissonnait à l'idée de lui demander conseil.

Il y avait bien encore quelqu'un qui aurait pu aider à débrouiller l'écheveau ! Clotilde voyait une image vive, coquette et taquine qui, chaque été, reparaissait quelques semaines au château des Aulnes. Viendrait-*elle* cette année ? Ou, emportée par son mari vers d'autres terres, oublierait-elle sa petite amie ?

Une rumeur se fit sur l'autre rive — on entendit l'aboi d'un chien, puis deux biches se sauvèrent, si élégantes, si rythmiques sur leurs jolies jambes fines, que Clotilde en restait béante d'admiration.

— Ça ferait une belle prise ! s'écria la petite Suzanne qui avait dans les veines du sang de braconnier.

Puis, elle s'arrêta, effrayée, car elle connaissait l'horreur de sa maîtresse pour la chasse.

Les biches s'enfoncèrent sous bois — Clotilde et Suzanne demeuraient les yeux fixés vers l'endroit où elles avaient disparu. Quand Mlle de Leuze se détourna, il était trop tard pour fuir : Hubert était à dix pas d'elle.

Le premier mouvement de la jeune fille fut d'appeler Suzanne et de se diriger vers le château. Mais elle eut pitié de ce visage ravagé, de ces yeux suppliants. Elle fit même, involontairement, quelques pas vers lui. Alors, lui, bien bas, d'un ton de reproche :

— Vous m'aviez promis d'être mon amie !

Elle rougit, et cette rougeur, sur cette peau si pure et si fine, troublait profondément le jeune homme :

— Je n'aurais pas promis que je le serais tout de même, dit-elle avec douceur...

— Par reconnaissance ! fit-il amèrement.

— Je trouve que la reconnaissance est un fort beau point de départ pour l'amitié.

— Soit. Mais pourquoi mon amie prend-elle tant de soin à m'éviter ? Elle sait bien que je souffre !

— Je veux que vous guérissiez.

— Etes-vous bien sûre d'avoir choisi le bon remède ? Ne vaudrait-il pas mieux lutter ensemble, comme vous me l'avez demandé ?

Elle fixa sur lui son beau regard sincère :

— Je n'en serais pas moins seule à lutter.

— Qui sait ? Vous auriez du moins une chance de me convertir... tandis que maintenant vous me réduisez au désespoir... vous me condamnez à la folie... Si je vous voyais un peu chaque jour, je ne vivrais pas dans cet état d'inquiétude perpétuelle, qui ne me permet pas de raisonner... qui me livre tout entier à ma souffrance, comme un malade à sa fièvre !

Si c'était vrai, pourtant ? Et elle demeurait hésitante, troublée par sa reconnaissance et par l'affection qui grandissait en elle pour le jeune homme. Puis cette contrainte lui pesait. Ame libre, pour qui la vie avait été un perpétuel enivrement, elle se révoltait contre tant d'esclavage, et doutait elle-même de son efficacité. Ah ! qui lui donnera un bon conseil !... Tournée vers la rivière, elle appelait obscurément à l'aide, avec la vague croyance des jeunes êtres en des interventions occultes :

— Mademoiselle, cria Suzanne... voici le facteur qui monte...

— Va voir, Suzette, s'il n'apporte rien pour moi.

Suzanne s'élança, traversa le pont et rejoignit l'homme qui montait lentement par l'allée des hêtres rouges.

— Ah ! soupira Clotilde, que n'êtes-vous fait comme moi ? Je serais libre et vous seriez heureux !... Ne trouvez-vous pas bien barbares, bien sauvages, ces passions qui naissent si brusquement ? Je ne puis m'empêcher d'y voir un reste des temps où les hommes se battaient comme des fauves au fond des bois... Dans une société délicate, l'amour devrait naître lentement, imperceptiblement, sans violence...

— Il sera tiède alors, gris, misérable... Son charme est dans son ardente impétuosité. En un moment, il nous transfigure, il nous emplit de beauté ! Cette vie si plate et si mesquine serait bien plus plate et mesquine encore, si la passion n'y faisait entendre son rugissement !

— Vous ne me comprenez pas. Je ne lui reproche ni sa véhémence, ni même sa tyrannie. Je lui reproche ses apparitions brusques, son aveuglement barbare, je lui reproche d'éclater comme la foudre entre des êtres qui n'ont pas appris à se connaître. Je voudrais que l'amour hésite, qu'il doute, qu'il se prépare délicieusement et tendrement — qu'il ne jaillisse enfin que lorsque deux cœurs se sont bien compris. Qu'il soit alors impétueux et même violent, qu'il ait sa folie, ses terreurs, ses colères mêmes... Mais combien absurdes ces passions qui naissent entre personnes faites pour se haïr, se mépriser, ou simplement incapables de vivre ensemble... Non, non, l'amour que vous éprouvez pour moi n'est pas estimable. Je vous plains, mais je trouve cruel et peu noble cet esclavage dont vous souffrez vous-même et que vous espérez m'imposer!

A mesure qu'elle parlait, il se sentait grossier et misérable — d'une race inférieure à celle de cette fille délicieuse. Et il demeura une minute sans répondre. Puis il murmura :

— Peut-être avez-vous raison! Peut-être l'amour sera-t-il, plus tard, moins brusque et plus nuancé. Et cependant, je pense qu'il y aura toujours des cas où l'intuition subite pourra remplacer l'expérience... où certains êtres se révéleront immédiatement... Je suis sûr de vous connaître maintenant comme si j'avais été de vos amis pendant plusieurs années. ●

Elle secoua la tête et sourit tristement :

— Vous le croyez!... Mais moi, je suis sûre que vous ne me connaissez presque en rien!

Suzanne revenait en courant. Elle agitait une lettre.

— Oh! fit-il avec adoration... je sais du moins qu'il n'y a pas sur terre une créature plus digne d'être aimée... plus pure, plus exquise, plus loyale...

— C'est que vous n'avez pas deviné l'âme de Solange!...

Suzanne repassa le pont et bondit jusqu'auprès de sa maîtresse. Clotilde saisit la lettre, lut la suscription et poussa un cri de joie :

— C'est de Geneviève!... Vous permettez, monsieur...

Elle déchira vivement l'enveloppe, balaya la lettre, qui n'était pas longue, d'un grand regard :

— Elle sera ici après-demain!..

Et il lui sembla que le secours attendu allait venir enfin; une confiance douce et naïve envahit son âme.

— Vous paraissez heureuse! fit doucement Hubert quand elle eut fini de lire.

— Très... répliqua-t-elle avec vivacité. Je ne serai plus seule!

— Vous êtes donc seule ?

— C'est-à-dire que je suis dans une île déserte, s'écria-t-elle. Vous... et M. de Montaigle m'avez moralement séparée des miens!

Et comme il la regardait, surpris :

— Eh! oui, reprit-elle. Je m'étonne que vous ne le sentiez pas! A qui voulez-vous que je me confie? Il manque ici une âme gaie, clairvoyante... un peu ironique même... qui nous aide à vaincre le mauvais sort.

Elle s'arrêta, la gravité et l'inquiétude reparurent sur son visage. Hubert, suivant la direction de son regard, vit Montaigle qui remontait cette même allée où passait naguère le facteur.

— Oseriez-vous nier qu'il y a quelque chose de nouveau entre vous deux? murmura-t-elle... Chaque fois qu'*il* arrive maintenant j'éprouve une sorte de terreur...

— S'il y a quelque chose entre nous, croyez que Montaigle seul en est la cause.

Elle frappa du pied contre le sol, impatiente et angoissée :

— Je veux savoir ce qu'il y a!

— Je ne puis vous le dire...

— Bien! fit-elle avec véhémence, je devinerai, je saurai!

Ses yeux se mouillèrent. Elle reprit d'une voix tremblante :

— Tout cela est hideux... Si j'étais punie pour avoir commis un crime, vous ne pourriez pas me faire souffrir davantage!... On se serait proposé de me faire prendre l'amour en horreur qu'on n'aurait pas agi autrement... Je comprends celles qui renoncent au monde... Ah! je voudrais être croyante!

Il la contemplait, attendri, plus ébloui encore. Dans la fièvre de sa tristesse, Mlle de Leuze était comme ces beaux lacs à qui l'orage donne une beauté plus profonde. Et l'accord de sa sensibilité et de sa grâce, l'absence de toute bassesse, de tout mensonge, se reflétait sur ce divin visage et en parfaisait la séduction.

— Je suis bien indigne de vous, dit-il d'une voix brisée... mais je vous jure que je suis innocent de ce qu'il y a entre M. de Montaigle et moi. Je vous avais promis d'agir sans haine — j'ai tenu ma parole.

Elle l'écoutait, un peu penchée, attentive, émue. L'accent du jeune homme la touchait, et pour la première fois, elle eut, bien confus, bien lointain, mais enfin elle eut le pressentiment de l'amour.

X

Dans la véranda, après le dîner, la porte, les grandes fenêtres étaient ouvertes sur la nuit. L'odeur des herbes, des arbres, des fleurs, entrait avec la palpitation des étoiles.

C'était une de ces soirées magiques, où tout respire la joie de vivre, où les âmes les plus sèches s'emplissent de rêves, de douceur et de tendresse. Le café fumait dans les tasses — et, au dehors, sur la terrasse, on apercevait les points rouges de plusieurs cigares, tandis que s'élevaient alternativement les voix de Moreuil, de Verneuse, de La Farge. Dans la véranda, Solange, M᷊ᵉ de Leuze, Clotilde et Hubert causaient avec Geneviève de Guermantes et son père, un vieux homme à la face sanguine, qui se nommait Pierre de Grimont.

Geneviève montrait un visage pâle, mais où tout le feu des roses passait à la moindre émotion, des yeux ardoise aussi variables que des étangs au crépuscule, magnifiques d'ailleurs, fins et câlins au repos, mobiles et menaçants dans la colère, profonds et presque noirs dans la tendresse. Plutôt petite, elle avait ces mouvements du corps qui font naître des désirs foudroyants chez les hommes; sa bouche, de flamme rouge et d'argent, évoquait les plus voluptueuses sensations. Cette jeune femme portait encore les marques d'une douleur récente. Amoureuse de son mari, et capable, malgré un tempérament sensuel, de constance et de vertu, elle avait été salement et lâchement trahie. Elle s'y attendait. Sceptique, perspicace, après les premiers mois de mariage, elle avait jugé

son compagnon, — elle s'était préparée à l'inévitable catastrophe. Mais la réalité surprend toujours. En vain a-t-on prévu, toute trahison, au moment où elle se consomme, frappe comme le poison ou le couteau. Elle s'était entraînée à désaimer Guermantes, mais au fond d'elle, mille choses s'obstinaient à ne pas mourir, mille souvenirs fanés revivaient aux heures troubles du désir. Aussi, trois mois durant, elle agonisa solitaire, elle dut arracher de son âme, une à une, les racines tenaces du passé. Guérie enfin — mais encore affaiblie — elle renonça une fois pour toutes, bravement, à un idéal de fidélité. Elle voulut l'amour, mais à son caprice — elle résolut de ne le connaître que vivace, rapide et libre, Non qu'elle se proposât de faire souffrir! Elle ne prétendait que prévoir à temps les dénouements, rompre lorsqu'elle sentirait les premières lassitudes de l'homme, et elle se fiait à sa finesse pour ne pas s'en faire accroire.

Enfoncé dans un fauteuil à bascule, M. de Grimont se mit à dire :

— C'est ici l'endroit de France où l'on boit le meilleur café...

Il passa une langue gourmande sur sa lèvre, tandis que Solange s'empressait de lui offrir une seconde tasse et reprit :

— Et certes, l'hiver, au coin du feu, le café est encore ce que je préfère parmi les jouissances matérielles... Mais par un soir tiède comme celui-ci... devant ces poudres étincelantes, ce breuvage a quelque chose de divin. Allez! je ne m'étonne pas que le peuple qui nous le donna est le même qui nous donna les Mille et une Nuits! C'est le philtre des enchantements... A travers sa vapeur odorante s'estompent toutes les aventures de Sinbad-le-Marin...

Il huma une gorgée, respira avec délice et ajouta d'un air heureux :

— Quand il n'y aurait que le café, le tabac et le thé, la vie vaudrait déjà d'être vécue. Aussi ne vais-je jamais en voyage sans emporter ma provision de ces substances magiques... Avec elles, je peux braver toutes les insanités des hommes et toutes les traîtrises des choses. Elles refont mon âme... elles m'enveloppent d'une tour de fumée et de rêve

dit-il avec un mélange de dépit et de bonne humeur.

— Et il ne m'est jamais rien arrivé de fatal que je sache... pas plus que je ne t'ai desservi ?

— C'est vrai.

— Eh bien, alors !... Veux-tu me laisser débrouiller l'écheveau ?... et me promettre de ne t'occuper que de tes chasses, de tes exercices héroïques et de ton bonheur personnel ?

— Je ne puis donc servir à rien ? s'écriat-il vexé.

— A rien qu'à casser les fils... Consens-tu ?

— Oui... Mais encore voudrais-je savoir le but que tu poursuis ?

— Tu n'en sauras rien, innocent colosse !... Je joue pour gagner... mais si je perds, je gagne encore...

— N'expose pas Solange ! murmura-t-il avec anxiété.

Elle lui jeta un regard indigné et sarcastique :

— Es-tu fou ? Solange restera aussi libre que si je n'intervenais pas ! Guillaume sera gardé à carreau... et quant au petit Sauvaize, tant pis — celui-là joue au hasard. Il a tenu, il tient peut-être encore les atouts... S'il le faut, il sera sacrifié, mais par sa faute !

— Tu ne crains rien tout de même pour Clotilde ?

— Clotilde ! Elle plane hors de portée... dans les nuages !...

Moreuil se décida à sortir : il avait affaire avec ses gardes-chasse. Mme de Leuze reprit le *Crépuscule des Dieux.* Elle lisait avec passion, et cependant jetait de temps en temps un regard sur la pelouse. Elle aperçut Hubert qui arrivait par l'allée des hêtres rouges, tandis que Geneviève et Clotilde cessaient leur partie de croquet. Malgré la distance, elle voyait distinctement le visage creusé du jeune homme, et elle murmura un « Pauvre garçon ! » presque aussitôt suivi d'un « Petit imbécile ! » correctif. Déposant alors son volume, elle descendit le perron, et s'achemina vers Solange et Guillaume de Leuze, avec cette allure que les conteurs naïfs attribuent aux vieilles fées maléficieuses.

Guillaume de Leuze accueillit la baronne avec un respect craintif.

C'était un grand garçon énergique et simple. La nature lui avait départi le corps sec et souple qui convient aux voyageurs. Il n'était pas beau, un visage taillé au silex, la mâchoire un peu forte, le nez violent, les membres faits pour la course ou le maniement des armes, mais attachés plutôt d'une manière pratique, si l'on peut dire, qu'élégante. Mais il avait de beaux yeux candides et tendres. Il était visible que Solange l'éblouissait et que lui-même agréait à la jeune fille :

— Guillaume, fit abruptement Mme de Leuze... tu te plais ici ?

Il répondit avec vivacité :

— Comme le voyageur à l'oasis.

— Bon. Je désire... nous désirons tous que tu restes encore quelque temps... C'est convenu ?

— C'est convenu ! fit Guillaume sans cacher son plaisir.

S'étant ainsi assurée d'un de ses atouts, Mme de Leuze rejoignit Hubert à l'instant où il sortait de l'allée. — Il tressaillit à sa vue.

— Je vous cherchais, dit-elle... J'ai besoin d'un renseignement... Quel jour vous battez-vous avec M. de Montaigle ?

— Qui vous a dit ? balbutia-t-il...

— Personne. Mais j'ai besoin de savoir le jour.., pour parer à des surprises fâcheuses... Ne me cachez rien... vous n'en avez plus le droit.

Elle parlait d'une voix stridente, autoritaire. Il céda.

— Vendredi en huit.

— Dans douze jours, par conséquent. Merci...

Elle allait s'éloigner, mais elle se ravisa, et avec intérêt ;

— Il faut vous entraîner davantage... Vous savez qu'on ne vous épargnera pas !...

— Vous vous intéressez donc un peu à moi ? dit-il, touché.

— Je désire surtout que l'autre reçoive une leçon !... Allez un peu ferrailler avec Verneuse — le matin. Chaudey est alourdi, et mon frère est un homme de sabre plutôt que d'épée — de hache plutôt que de sabre !...

Elle se dirigea vers Geneviève de Guermantes et de Clotilde assises devant le bassin aux cygnes. A mesure qu'elle approchait des jeunes femmes, une douceur détendait sa bouche sarcastique. L'heure était fine, reposante. Une ombre orange et verte flottait sur la margelle ruineuse et sur les eaux immobiles. Les cygnes centenaires glissaient nonchalamment, chauves par places, les yeux éteints, les plumes rèches, les becs difformes. On entrevoyait quelques cyprins parmi les flambes, les fleuves et les roseaux flétris.

Mᵐᵉ de Leuze s'assit à côté de Geneviève et dit après un silence :

— Ce lieu n'a pas changé... Petite fille, j'y poursuivais déjà mes rêves... J'y ai connu les joies les plus pures et les plus horribles détresses... C'étaient les mêmes cygnes... un peu moins décrépits... mais bien vieux déjà!... et le même parc, à part quelques arbres!

Elle enveloppa d'un grand regard ce paysage si connu où le meilleur et le pire d'elle-même étaient mêlés et reprit :

— Clo, je voudrais parler à Geneviève.

Clotilde se leva et alla prendre sa boîte d'aquarelliste :

— Il est temps de l'emmener pour quelques semaines, fit Mᵐᵉ de Leuze... Quoique votre présence, ma chère Geneviève, lui ait fait un bien infini, elle reste mélancolique.

Geneviève tourna vers la vieille femme un visage interrogateur :

— Est-ce pour cela seulement que vous l'emmènerez?

— Non. Vous me devinez. Je veux lui épargner une émotion qui pourrait, selon les événements, devenir une douleur.

— C'est pour bientôt? demanda Geneviève dont la poitrine se gonfla.

— Dans douze jours!

Elles se turent, leurs yeux se fixaient sur la pièce d'eau, les cygnes et la pelouse, mais elles regardaient en elles-mêmes.

Geneviève rompit le silence :

— On ne pourrait pas intervenir?

— Vous êtes folle, ma pauvre Geneviève... Au nom de qui, de quoi, interviendrait-on?

— C'est juste! fit Mᵐᵉ de Guermantes en soupirant... Et cependant c'est presque un crime qui se prépare... Il est affreux que nos mœurs permettent encore cela.

Mᵐᵉ de Leuze ne répondit pas tout de suite. Elle réfléchissait. Elle dit enfin :

— C'est la part du hasard. Il faut l'accepter!

Et changeant de ton, presque câline :

— Qu'allez-vous faire, ma chère Geneviève... Partirez-vous avec Clotilde?

— Non, je voudrais rester.

— C'est dangereux, mon enfant... une course à la douleur!

— Oh! la douleur, je ne la redoute plus guère... Elle a épuisé son poison sur moi... je suis vaccinée. Je voudrais vivre, ardemment vivre...

— Mais de quelle vie?

— Je l'ignore... J'ai hâte de soulever le couvercle de mon cercueil...

— Pourquoi ne pas attendre, petite fleur? Il doit exister, celui qui vous aimera... et qui sera digne d'être aimé.

— Je ne veux plus jouer à cache-cache!... S'il existe, je ne le rencontrerai pas! Et puis..

Elle se mordit la lèvre, rougissante.

— Et puis?

— Et puis, reprit-elle tout bas, jamais personne encore...

Mᵐᵉ de Leuze tourna vers elle une face tendre et apitoyée :

— Petite Geneviève... ce ne sera peut-être que pour un jour...

— Si je veux ce jour!

— La nuit retombera plus lourde.

— Elle ne peut pas être plus lourde... J'ai perdu toute espérance!

— Vous divaguez, pauvrette. On oublie. On ressuscite... L'âme peut refleurir tant de fois!

— Eh bien! elle refleurira tout de même!...

La douceur disparut du visage de Mᵐᵉ de Leuze. Des souvenirs odieux bouillonnèrent en elle, une haine affreuse contre un homme disparu. Puis la compassion revint.

Elle chuchota :

— Encore une fois, Geneviève, tout cela est sans avenir... tout cela vous sera repris!

— N'ai-je pas dit que je le savais?

La voix de la vieille femme devint presque dure et menaçante :

— Ne me reprochez rien plus tard, Geneviève... que votre douleur retombe sur vous-même.

— Et qu'aurais-je à vous reprocher? fit

Mme de Guermantes un peu étonnée... J'agis librement!

— N'oubliez pas ces paroles!

La crainte de l'avenir s'effaça du cœur de Mme de Leuze. Elle cessa de lutter contre ses propres projets. De ce moment, elle laissa faire les événements qu'elle avait en partie provoqués. Ame plus complexe que celles qui l'environnaient, elle avait sa morale personnelle — pas toujours très délicate, mais nette et ferme. Dans la partie qu'elle jouait, Geneviève seule lui inspirait un scrupule. Mais l'obstination de la jeune femme venait de bannir ce scrupule.

Elle reprit d'un ton presque gai :

— Qui sait si ce ne sera pas un bien!

Et considérant sa fille qui avait commencé une esquisse, elle lui jeta un long regard de tendresse. Elle aimait Moreuil, Solange et aussi Geneviève, mais son amour maternel était une flamme ardente, une passion farouche, presque féroce. Elle avait résolu que Clotilde serait heureuse; elle préparait ce bonheur à sa manière tortueuse, avec une volonté inflexible, implacable, et merveilleusement clairvoyante.

XIII

Hubert se leva après un bon sommeil. Il se sentit en forme et, à travers sa mélancolie, il en éprouvait une satisfaction obscure. Car si, déçu et sans espoir, il n'avait pas un goût très vif pour la vie, il lui répugnait étrangement de périr par la main de Montaigle.

Il ouvrit la fenêtre, il jeta un long regard sur la pièce d'eau, la pelouse et le parc. Ce paysage était devenu partie intégrante de son âme. Des souvenirs plus nombreux que les battements de son cœur s'élevaient des herbes, des grands arbres, de l'eau tremblotante.

— Est-ce le dernier jour que je vous vois? murmura-t-il.

Un matin diaphane enveloppait le château. La douce lumière mettait la beauté sur toutes choses; une fois de plus ce monde périssable semblait neuf, jeune et frais comme s'il venait de jaillir du chaos. Hubert songeait à Clotilde et au combat où il allait disputer, non son amour, mais le droit seulement d'aimer la jeune fille. Il savait qu'il ne courait pas un péril illusoire, comme les bonnes gens qui s'injurient dans les gazettes. Sur nul champ de bataille, le soldat n'est plus exposé qu'il allait l'être devant une épée forte, agile, sans pitié. Et il pouvait bien ressentir l'anxiété du fantassin attendant l'attaque.

Il s'habilla et descendit dans la salle à manger — car aux Aulnes on prenait le premier déjeuner en famille. Grimont seul l'avait devancé :

— C'est une habitude excellente, fit le gourmet, de se réunir à ce premier repas... Mais il faut que le café soit bon, les petits pains et le beurre choisis. Pour prendre un mauvais café au lait mieux vaut la solitude.

Moreuil parut, puis les jeunes filles et Geneviève. Mme de Leuze se montra la dernière. Une gêne régnait, à laquelle Solange et Clotilde seules ne participaient pas. Au dehors des chevaux piaffaient :

— Nous irons, Clotilde et moi, jusqu'à Sommereuil, dit Mme de Leuze... Nous ne rentrerons peut-être pas ce soir.

Les domestiques attelaient le landau et le coupé. Le déjeuner fut hâtif et triste. Hubert n'osait regarder Clotilde, mais, obliquement, il suivait chacun de ses gestes. Quand elle se leva, il eut une sorte d'étourdissement, il lui sembla que sa vie s'échappait. Sauf Grimont tous étaient déjà debout :

— Défendez-vous bien ! murmura Mme de Leuze en passant auprès de Sauvaize.

Quelques minutes plus tard, le coupé filait, tandis que Solange allait, avec Geneviève, faire sa promenade du matin dans le parc. Alors la contrainte disparut des physionomies. Moreuil jeta un regard mélancolique sur son hôte et demanda :

— Bien dormi, Sauvaize ? En forme ?

— Oui, répondit Hubert en souriant... je me sens tout à fait bien.

— Peut-être un peu de kola, suggéra Grimont.

— Seulement en cas de nervosité excessive, dit Guillaume de Leuze... Sinon, c'est plutôt nuisible !

Huit heures sonnèrent lentement. Le landau vint se placer devant le perron : Moreuil y monta avec Grimont et Hubert. Au sortir du parc, ils trouvèrent Chaudey et le docteur Martel qui attendaient dans un dogcart.

Le baron, sous son poil roux et son teint de brique, cachait une vive anxiété. Il n'avait pas dormi. Ses gros yeux marquaient la sollicitude. Il serra la main de Sauvaize avec tremblement et balbutia une bienvenue incohérente.

— Du calme ! fit Grimont... J'espère que vous avez fait préparer un bon déjeuner ?

— Je n'y ai pas songé ! répliqua l'autre, et cet oubli marquait, plus que tout, le désarroi de son esprit.

Grimont haussa les épaules, disant :

— Il faut toujours partir de ce principe que les choses se terminent bien ! La crainte appelle le malheur... *Nous* n'aurons pas une égratignure, et nous serons heureux de réparer nos forces avec des mets choisis... Envoyez un exprès, mon ami !...

Il tira tranquillement un carnet de sa poche, invita Chaudey à y inscrire un ordre pour sa cuisinière et chargea le premier bûcheron qu'ils rencontrèrent de faire parvenir ce message à son adresse :

— Voilà ! remarqua-t-il ensuite avec satisfaction. En guerre, l'important est d'assurer les vivres !

Pendant ce temps les deux voitures avaient avancé. Elles approchaient de leur destination.

Moreuil prit congé de son hôte et murmura à l'oreille de Chaudey :

— Au premier sang, n'est-ce pas ?

Chaudey fit un énergique signe d'assentiment.

— Halte ! fit le baron.

Il prit sous le bras une espèce de gaine fort longue et précéda ses compagnons. Une éclaircie se présenta, noire et morne, pleine de rondins à moitié consumés, et l'on vit Montaigle qui attendait avec ses deux témoins, — Verneuse et La Farge, — et son médecin.

Pendant qu'on choisissait le terrain, Hubert se sentait envahir par un profond dégoût. Cet endroit sinistre lui eût paru excellent pour périr — mais décidément, il ne

pouvait se faire à l'idée que Robert de Montaigle serait son exécuteur. Plus il regardait cette silhouette altière, ce dur et orgueilleux visage, et moins il voulait être vaincu...

La discussion entre les témoins se prolongea quelque temps. Chaudey se montrait méticuleux, La Farge opiniâtre et cassant, Grimont ironique. Ce dernier considérait tout duel comme une plaisanterie. Témoin à plus de cinquante reprises, il avait toujours vu se terminer les rencontres par des égratignures ou par des balles échangées sans résultat :

— Il faut surtout se hâter ! dit-il enfin... Le principal est que ces braves garçons ne s'énervent pas...

— Nous avons charge d'âmes ! s'écria Chaudey qui était cent fois plus ému que s'il se fût agi de lui-même. Prend-on décidément mes épées ?

— Elles sont trop lourdes ! répliqua La Farge...

— Eh ! au sort ! dit Grimont avec autorité.

Le sort désigna les épées de La Farge. On se mit enfin d'accord sur le partage du terrain. Les médecins procédèrent à la désinfection des pointes. Puis, Chaudey, très pâle, armé d'une grosse canne, prit le rôle de directeur du combat :

— Allez, messieurs !

Grimont cligna de l'œil comme lorsqu'il appréciait le fumet d'un plat : les jeunes gens, bien campés, le buste droit sur des reins minces et souples, avaient bonne façon. Les épées firent entendre leur petit rire argentin et se roulèrent avec agilité l'une sur l'autre :

— Ils sont de force ! songea Grimont qui ne redoutait que les combats entre mazettes.

Et il pronostiqua une issue rapide et inoffensive.

Le visage de Montaigle aurait dû le détromper. Une résolution froide et féroce contractait les lèvres et rejoignait les sourcils de ce jeune homme. Son jeu était calme, attentif : il tâtait l'épée d'Hubert sans hâte, sans mouvements inutiles. D'ailleurs, son adversaire n'était guère plus impatient que lui, et pendant une minute c'est à peine si les épées esquissèrent quelques coups.

— Et prudents ! ajouta Grimont...

Brusquement la distance se raccourcit entre les poitrines. Hubert attaquait en foudre et l'autre, pris au dépourvu, rompait de deux pas. Un dégagé faillit surprendre Montaigle ; sa parade arriva si courte que sa chemise fut effleurée. Il rompit encore ; sa mâchoire saillit sur sa joue rase, et presque successivement, il se fendit en trois coups droits qui lui firent regagner une partie du terrain perdu.

Grimont se sentit venir une légère inquiétude : il les trouvait plus résolus qu'il n'était convenable.

— Halte ! s'écria Chaudey dont les bonnes joues pourpres avaient passé à l'ardoise pâle.

Cet homme lourd et candide était un intuitif. Seul parmi les témoins, il devinait la résolution de Montaigle, et il avait toutes les peines du monde à s'empêcher de faire voler les épées en éclats d'un coup de sa grosse canne. A la plus légère blessure, il était d'ailleurs décidé à rompre le combat, envers et contre tous. De nouveau les épées grincèrent, les fines lames rampèrent l'une autour de l'autre comme de minces, flamboyants et véloces reptiles. Montaigle prit cette fois l'offensive dès le début. Ses attaques vertigineuses, aveuglantes, ne purent dérouter son adversaire ; une contre-attaque vigoureuse le contraignit à s'arrêter :

— Allons donc... la piqûre ! murmura Grimont entre ses dents.

Mais il commençait à concevoir quelques craintes pour le déjeuner.

Maintenant, les épées roulaient sans relâche, tantôt comme saisies l'une par l'autre, tantôt tournant en zigzags, en dégagés brusques. Les pointes aiguës ne cessaient de darder contre les poitrines, et si l'adresse des adversaires était incontestable, quelque chance aussi était intervenue en faveur de tous deux.

Hubert, après une parade en tierce, suivie d'un coup droit, força de nouveau son adversaire à rompre. Dans ce mouvement, Montaigle glissa légèrement et, à l'attaque suivante, para à faux ; l'épée de Sauvaize passa, déchira la chemise à l'épaule :

— Halte ! clama le baron... M. de Montaigle est blessé.

— Nullement ! fit l'autre de mauvaise humeur... pas même une éraflure.

Et il prouva sans conteste que le vêtement seul était atteint. Chaudey, à regret, autorisa la reprise. Elle devait être décisive. Montaigle s'exaspérait. La fureur grondait dans ses tempes. Il se campa sur ses jarrets, ferme comme un marbre. Toute sa volonté, toute son énergie concentrées, il attendit l'attaque. Elle ne tarda pas. A six reprises, Hubert essaya d'écarter le serpent de fer qui gardait la poitrine de son antagoniste ; des parades étincelantes trompèrent chaque fois ses efforts.

A la septième attaque, il fit un dégagé, se fendit à fond — et il sentit au bout de son épée une résistance, tandis qu'une piqûre à l'épaule le faisait tressaillir...

Montaigle était percé de part en part, Sauvaize blessé au-dessus du bras.

— Halte ! cria de nouveau Chaudey, qui perdait la tête...

Montaigle chancelait ; le sang rougissait rapidement la chemise d'Hubert :

— Monsieur, fit doucement celui-ci, je regrette infiniment ce qui arrive... mais vous me rendrez cette justice que je ne l'ai pas voulu !

Robert, lui jetant un regard de haine, s'affaissa dans les bras de son médecin et de ses témoins.

— Sale affaire ! grommela Grimont dont ce dénouement renversait toutes les idées sur l'innocuité du duel entre bons tireurs...

Chaudey s'empressait auprès d'Hubert, dont le médecin découvrait lentement l'épaule.

— Eh bien, docteur ?

— Rien... rien... absolument rien ! scanda Martel après un examen attentif.

Presque en même temps, on entendait l'autre docteur qui, penché sur Montaigle évanoui, chuchotait :

— Grave !

Mais Chaudey, pas plus qu'il n'avait pu cacher ses craintes, ne parvenait à cacher sa joie. Un sourire heureux détendait sa bouche lippue. Et quand, après un pansement provisoire, le landau ramena Sauvaize vers les Aulnes, le baron s'écria :

— Grâce à Dieu, voilà le cauchemar terminé !

— Mais, fit Grimont interloqué, et l'autre?

— Je me contrefiche absolument de l'autre! C'est une fripouille... Vous n'avez donc rien vu? Ah! il peut bien crever celui-là, pour ce qu'il mérite!

— Mon cher ami, reprit Grimont, vous êtes indécent!...

— Je m'en vante! clama Chaudey avec violence.

Grimont secoua la tête, considéra le visage cramoisi du baron et pensa qu'il avait momentanément perdu la tête.

Au roulement adouci de la voiture, Hubert s'abandonnait à des rêveries tantôt vagues comme le murmure de la forêt, tantôt précises et claires comme les rayons qui dansaient sur la route. Il ne sentait aucunement sa blessure. Il trouvait la vie presque bonne, moins par le sentiment d'avoir échappé à un grand péril, que pour avoir eu raison de Montaigle. Toute victoire dispose à l'espérance, et quoique rien ne fût changé dans sa vie, le jeune homme se sentait plus optimiste.

Le parc apparut; les deux voitures montèrent lentement l'allée des hêtres rouges. Maintenant toute l'anxiété d'Hubert était revenue. Quand le château dressa ses tourelles dans le ciel clair, il ne sentit plus rien qu'une immense lassitude, l'appel de la Nirvana... Une silhouette parut, et le visage de M⁜ de Guermantes, tout pâle, contracté par l'angoisse, se tourna vers le landau.

De nouveau, Chaudey cria :

— Rien!... un bobo.

Sur le joli visage ce fut comme une résurrection. Les grands yeux s'emplirent de lumière, un délicieux sourire de joie entr'ouvrit les lèvres sensuelles. Et Hubert eut le sentiment qu'il y avait là un être qui aurait souffert si l'on avait rapporté son cadavre.

DEUXIÈME PARTIE

I

Malgré tout, Hubert avait espéré. Au fond de ses pires souffrances, demeurait cette foi confuse, qu'aucune réalité n'entame, et qui est le mysticisme des passions violentes à leur début. Mais, peu à peu, il fut dominé par le sentiment de l'impossible. L'absence de Clotilde détermina la crise. Il désespéra vraiment. Et il promenait, par les forêts et les plaines, l'idée rongeuse du suicide. Elle est toute simple pour les grands passionnés : l'amour vulgaire est à base de vanité, et la vanité porte en elle sa consolation, mais la passion profonde n'est pas vaniteuse. Et c'est pour elle seule que l'Ecclésiaste a écrit son énergique parole.

Sans M⁜ de Guermantes, le jeune homme eût peut-être cédé à l'appel muet des lacs et des étangs qu'il rencontrait sur sa route. Mais il retrouvait presque chaque jour la jeune femme et s'attachait à elle. C'était l'attraction de deux souffrances : celle de Geneviève, active, vivace, cherchant l'oubli par une tendresse neuve, celle d'Hubert, passive encore, morne, avec, toutefois, au fond, le feu inextinguible de la jeunesse. Elle ne chercha pas d'abord à le consoler. Elle savait d'instinct que ces fortes douleurs ne se combattent pas, et que si elles peuvent guérir, ou du moins souhaiter la guérison, c'est par l'excès même de leur mal.

Leurs entrevues étaient devenues plus faciles par le départ même de Grimont et de Geneviève qui avaient quitté les Aulnes. L'épicurien séduit par une maison située sur un plateau, à trois lieues des Aulnes, et que d'Avincourt lui avait louée pour la saison, y avait fait venir son cuisinier avec deux autres domestiques : il y donnait chaque semaine de petits dîners délicieux à Chaudey, à Moreuil, à deux ou trois voisins. Depuis le duel, il avait pris Hubert en affection; il le pressait de multiplier ses visites. Grimont était bavard, Sauvaize écoutait bien, il n'en fallait pas davantage pour resserrer cette intimité naissante. Mais il y avait deux heures, une le matin, une l'après-midi, où Grimon·

s'isolait pour méditer sur les menus et pour discuter avec son cuisinier. Alors, les jeunes gens étaient libres : ils se promenaient dans le vieux verger, parmi les champs ou à l'ombre des sapins.

Ils se reposaient, un après-midi, au bord du plateau. Le paysage, dans une lumière jaune, était intense, abondant et immobile. Pas un brin d'herbe, pas une paille ne bougeaient et cette immobilité avait, à la longue, quelque chose d'inquiétant et presque de sinistre. Un immense abiès étendait ses mains vertes devant le soleil; les forêts s'étalaient à l'horizon comme une eau opaque, pesante, morte.

Ils se taisaient depuis quelques minutes. Il demanda :

— A quoi pensez-vous?

— A des choses graves, dit-elle en souriant... à rien moins qu'à l'Éternel Retour.

— Qu'est-ce que l'Éternel Retour ?

—Ah bien ! on voit que vous ne lisez pas les revues... L'Éternel Retour c'est une théorie à la mode. Le monde, d'après Nietzsche et quelques autres, — ne m'accusez pas de les avoir lus, c'est ma revue qui parle, — le monde recommence éternellement. Après des milliards de siècles, tout se remet en place. Alors les mêmes astres, les mêmes êtres, les mêmes événements se répètent, en tout pareils aux astres, aux êtres, aux événements passés. Ainsi il y aurait déjà un nombre immense de fois que nous nous serions rencontrés aux Aulnes, un nombre immense de fois que nous nous serions assis au bord de ce plateau, sous ce même arbre, devant ce même paysage... un nombre immense de fois que je vous aurai exposé l'hypothèse de l'Éternel Retour... Et tout ce que nous avons dit et fait, non seulement nous l'avons dit et fait dans des existences antérieures indéfinies, mais nous le redirons et le referons éternellement !... Telle est la théorie qui a, dit-on, jeté l'épouvante dans l'âme malade de Nietzsche... Elle me ferait peur aussi... Je trouve que c'est déjà trop d'une existence ordinaire... Et qu'en penserait une Marie-Antoinette condamnée à monter éternellement sur l'échaffaud... ou les gens du radeau de *la Méduse*, condamnés à mourir éternellement de faim et de soif?

Le silence reprit. Hubert songeait à une éternité où il aimerait sans espérance Clotilde de Leuze.

— C'est vrai, dit-il, ce serait effrayant !... Je comprends le désespoir de Nietzsche.

Il avait frissonné. Ce qui couvait en lui, se révolte contre son désespoir, la colère contre une peine injuste, presque inutile, se précisa. Et il dit, sans réfléchir, d'instinct :

— Il faut ne pas vouloir souffrir inutilement

— Ah ! soupira-t-elle... oui, il le faudrait !... mais nous sommes des esclaves : les événements se rient de nous et notre propre âme ne cesse de nous trahir.

Une brise monta sur la colline. L'abiès fit entendre un murmure, les herbes et les fleurs s'agitèrent doucement. Tout ce paysage triste s'égaya à la voix fraîche de l'air. Et, pour la première fois, il vit toute la grâce de Geneviève. Ce fut comme si une brume se détachait d'elle. Ses gestes le ravirent, sa séduction se révéla, tel un paysage à l'aube. Il se dit qu'elle était de race choisie, fine, loyale et charmante, et faite pour donner le bonheur.

Elle aperçut cela. Mais elle se garda bien de rien laisser paraître, et tandis qu'il la contemplait, elle ne tourna pas son visage vers lui.

— Rentrons, dit-elle enfin, mon père doit avoir fini sa conférence avec le cuisinier!

Il se leva à regret; il écoutait la robe bruire sur l'herbe et sa jeunesse palpitait dans sa poitrine.

Le dîner fut exquis. Les écrevisses au curaçao, retouchées, se trouvèrent très acceptables, la timbale fut couverte d'éloges. Grimont pérorait abondamment et les autres, devant le beau soir qui entrait par les fenêtres ouvertes, poursuivaient leurs rêves.

— Les anciens l'avaient déjà remarqué, dit l'amphitryon, en humant le Clos-Vougeot, la suprême vertu est de jouir du présent. Mais que de sagesse il faut pour y parvenir... que de génie même !...

— Ne vous donnez pas de coups de pied ! comme disait Horace, fit Chaudey en riant...

— Je prends le mot génie dans son sens propre ! riposta Grimont. Un jardinier qui crée une poire nouvelle a du génie... Et quand je dirais que j'ai le génie de bien vivre ? Je suis indemne de cette horrible maladie de la prévision qui tue le monde moderne... D'une qualité honorable — la prévoyance — on a fait une névrose noire, à peu près comme les avares ont sorti la lésine de l'économie. Un proverbe hideux nous a conquis : « *time is money !* » Et au lieu d'utiliser le temps, nous le rognons continuellement, nous le salissons en vue du lendemain. Je me vante de savoir savourer l'heure présente... En ce moment, je vous jure, rien ne m'occupe que mes convives, ce Clos-Vougeot, cette aile truffée, cette nuit qui fleure si bon... Je me sens seulement un peu seul !

— Grand merci !

— Ben oui ! Lequel de vous trois est véritablement présent à cette table ?... M. de Sauvaize ignore presque ce qu'il mange, Geneviève l'ignore totalement... *Margaritas ante porcos !*... et vous-même Chaudey, je vous ai vu boire sans discernement.

— C'est vrai ! avoua le hobereau... Je suis un peu préoccupé ce soir... mais je goûte le présent tout de même, allez, je n'ai pas souvent été aussi heureux !

Il jetait un regard attendri vers Hubert, mais la perspicacité de Grimont s'arrêtait à la matière. Une heureuse myopie psychologique le séparait de son prochain.

Il secoua la tête avec sévérité :

— Votre bonheur est de mauvais aloi ! s'exclama-t-il... Je le nie. Tout bonheur digne de ce nom fait alliance avec les bons vins !

Chaudey fit comme le philosophe Diogène. Il fit remplir son verre et le vida religieusement. Grimont daigna sourire :

— Tout de même ! gronda-t-il avec une ombre de mélancolie. .Ce soir je suis seul !...

Il n'en fit pas moins un accueil ému au café :

— Geneviève, dit-il... veux-tu nous jouer l'hymne de la digestion ?

Il nommait ainsi une barcarolle fine et très jolie, un petit chef-d'œuvre inconnu. La multitude légère des sons s'éleva Elle palpita dans la salle claire, rejaillit sur les murailles, s'enfuit au jardin et parmi les ombres de la route. Elle emplit l'espace de sa vie délicieuse et passagère. — Parfois. mais pour un ver-

set seulement, la voix de Geneviève, pénétrante et voluptueuse, s'élevait. Alors le piano baissait le ton, ses notes se faisaient rares et chuchotantes. Puis, les cordes reprenaient plus vives, plus ardentes, et c'était comme un duo charmant entre la jeune femme et la matière, entre un être et les âmes éparses des choses. Pour Hubert c'était le dialogue du désir et de la mélancolie. Sa poitrine se gonflait; tout le poème de la femme entrait en lui, mêlant les étoiles égrenées au-dessus des arbres avec les vibrations de la barcarolle.

— N'est-ce pas, remarqua Grimont, que c'est à merveille adapté aux joies de la digestion et du café ? Soyez sûr que l'auteur s'entendait en cuisine !

Il acheva sa tasse et mit le feu à un manille pointes blanches, tandis que Chaudey choisissait un gros havane blond.

— Je fuis ! s'écria Geneviève...

Elle alla sur la petite terrasse et les trois hommes voyaient sa robe blanche ondoyer de la pénombre aux rayons :

— Vous ne fumez décidément pas ? demanda Grimont à Sauvaize.

— Non... mon premier essai m'est demeuré comme un cauchemar... Je n'ai jamais récidivé.

— Si vous ne fumez pas, s'écria du dehors la voix fraîche de Geneviève, venez voir mes vers luisants... Notre jardin en est tout étoilé.

C'était vrai. Partout, aux plates-bandes, dans l'herbe, parmi les arbustes, on voyait luire les petites lanternes vertes.

— Cela me rappelle, murmura-t-elle, les nuits resplendissantes de la Lombardie... Mais là, ces délicates veilleuses vivantes ne demeurent pas immobiles... Elles ont des ailes... elles remplissent la nuit d'une gerbe d'étoiles filantes...

Ils s'éloignaient peu à peu de la maison. Bientôt des arbres s'interposèrent : on n'apercevait plus qu'une lueur qui, se diffusant entre les troncs, glissait sur le chemin, mourait doucement parmi les fleurs et les herbes. La griserie de cette nuit tiède, le parfum de Geneviève, le friselis charmant de la robe, firent perdre un peu la tête à Hubert. Il avança la main, saisit un petit poignet soyeux et l'étreignit doucement :

— Oh! non... non! dit-elle d'une voix émue...

Elle se dégagea, elle se mit à rire, d'un rire qui le défiait, et tout à coup il ne la vit plus. Elle s'était évanouie dans la nuit comme une fée. Immobile une minute, il la cherchait, troublé, le cœur plein de choses profondes, inquiètes, délicieuses, éternelles. La robe blanche brilla comme un rai de lune et s'effaça. Il s'élançait, il courait au hasard, — un rire fusa derrière lui... et il désespérait d'atteindre la jeune femme, lorsqu'il la vit devant lui, reparue aussi mystérieusement qu'elle avait disparu.

— Vous voyez, fit-elle avec un accent de malice et de menace... je suis insaisissable!

— Et capricieuse? murmura-t-il, encore tout troublé de l'imprévu de cette petite scène.

— Non pas! mais spontanée... petite fille quelquefois...

Sa voix se fit plus douce :

— Et tenez, la voici cette main que vous vouliez prendre... Mais c'est à *l'ami* que je la donne!

Il saisit la petite main frémissante, il la porta lentement à ses lèvres. Elle le brûla de volupté; mais la peau délicate ne lui apprit pas qu'un désir plus ardent que le sien palpitait dans l'ombre :

— Allons revoir les vers luisants! dit-elle d'une voix calme.

Il trouvèrent Grimont et Chaudey qui fumaient sur la terrasse. Grimont, balancé dans un rocking-chair, les yeux levés vers le ciel, disait :

— A mon sens, nous n'en savons guère plus que nos ancêtres sur les astres!

— Comment! s'écria Chaudey... mais nos ancêtres croyaient que c'étaient des petites lampes... et nous savons...

— Et nous ne savons rien du tout! interrompit Grimont. Le ciel qui s'est moqué des Chaldéens, des Egyptiens et des Grecs, j'ai idée qu'il se fiche encore de nous! Notre erreur est à longue portée... à télescope... la leur était à l'œil nu. C'est toute la différence! Quant à la concordance des résultats... ça n'a aucune importance. Les résultats des Chaldéens et ceux de Ptolémée concordaient aussi. L'univers, voyez-vous, a ceci de farceur qu'il permet de faire concorder ce qu'on veut. C'est à ce point, ma parole, que je me demande quelquefois si toute notre science n'est pas un résultat de notre croissance tout simplement.

— Je n'aime pas la science! grommela Chaudey... mais enfin, si l'on ne connaissait pas certaines lois de l'électricité, on ne pourrait cependant pas établir le télégraphe ou le téléphone!

— Et moi je le prends tout autrement. Je pense que lorsque nous avons créé certaines lois, suffisamment concordantes, l'univers nous fournit ce que nous voulons! Je veux dire que l'univers renferme exactement tout... vous m'entendez, tout, tout, tout... aussi bien ce que nous appelons nos erreurs que ce que nous appelons nos vérités... Il suffit que nous soyons dans de certaines conditions avec nous-mêmes, pour que nous réalisions certaines choses à notre désir. Il y a erreur chaque fois que nous échouons, dans un acte comme dans des siècles d'actes... il y a vérité chaque fois que nous réussissons. Mais l'erreur d'aujourd'hui peut devenir la vérité de demain... si nous apprenons à employer convenablement cette erreur!

— Vous me cassez la tête! s'écria Chaudey... Vous ne ferez jamais partir un boulet de canon avec de la sciure de bois !

— C'est que nous n'avons pas établi une relation suffisante, *en nous-mêmes*, entre les canons et la sciure de bois!

— Mais alors l'univers n'est qu'une illusion!

— J'amais de la vie... Je le répète, l'univers est tout et il est *tout*, *partout*, ce qui veut dire qu'il n'y a pas un phénomène qui n'en soit mille autres... pas un objet que nous n'aurions pu concevoir autrement que nous ne le concevons, et que nous ne concevrons autrement au fur et à mesure de notre croissance!...

Chaudey cessa de discuter. Il haussa les épaules et dit :

— C'est ce que le peuple de Paris appelle souper de la fiole du prochain !

— *E pur si muove*, mon loyal ami!

— A quoi les autres pouvaient bien, selon votre propre doctrine, répondre par le contraire ! fit doucement Geneviève.

— Non. Parce qu'ils n'étaient pas assez adultes pour le faire. Galilée exprimait une réalité plus haute... Cette réalité sera considérée comme une erreur demain, mais alors elle était supérieure...

— Voyons, reprit le hobereau, encouragé par l'intervention de Geneviève, il faut cependant que la terre tourne autour du soleil, si ce n'est pas le soleil qui tourne autour de la terre...

Grimont fit craquer un cigare et répondit avec flegme :

— Ma réponse sera nette : la terre tourne autour du soleil, et le soleil tourne autour de la terre !

Sa figure apparut joyeuse et convaincue dans la flamme d'une allumette, et il conclut :

— Les contradictions n'existent pas dans 'univers, et il est assez facile de s'en apercevoir. Elles sont en nous. Elles sont sans doute précisément ce qui nous fait hommes... Elles nous font faire successivement ce que la nature fait partout simultanément. Ainsi s'explique *notre* science, utile pour *notre* développement, mais ne répondant jamais qu'à un côté des choses... Nous avions d'abord remarqué que le soleil tournait autour de la terre et nous ne nous trompions pas, nous avons ensuite remarqué que la terre devait tourner autour du soleil, et nous ne nous trompions pas davantage. Demain nous remarquerons d'autres mouvements encore. La vérité vraie se compose de tous ces mouvements ensemble ! Mais comme l'homme n'est pas fait pour la connaissance entière, il appellera volontiers erreurs celles de ses premières découvertes qu'il ne pourra pas bien rattacher aux suivantes !...

Hubert n'écoutait pas. Il marchait de long en large sur la terrasse, agité de l'espérance d'oublier son chagrin, d'aimer Geneviève et d'en être aimé.

Geneviève le regardait aller et venir avec un sourire où il y avait de l'inquiétude. Elle «pesait» sa destinée. L'amour, qu'elle avait voulu qu'elle avait cherché, maintenant l'effrayait un peu. Elle craignait qu'il ne

devînt trop fort et ne se terminât, pour elle, en catastrophe; elle craignait de s'attacher pour *trop longtemps*, ce qu'elle s'était bien promis d'éviter. Elle avait voulu une passion ardente, folle mais brève. Elle s'était interdit de croire à la durée de l'amour, elle s'était juré d'être désormais prête aux ruptures, de choisir elle-même l'heure où il faudrait en finir, confiante en son instinct pour deviner quand la tendresse de l'homme commencerait à décroître.

Mais l'idéal de la femme est dans la fidélité. Même les perfides, même celles dont les sens parlent trop haut et trop fréquemment, même celles qui ont vingt fois trahi, conservent au fond d'elles le rêve des liaisons éternelles, de même que les plus loyaux, les plus purs, les plus tendres des jeunes hommes ont en eux l'instinct sauvage de la polygamie... Tel qui sera cependant fidèle, part dans la vie en menteur; telle qui sera à l'excès capricieuse et déloyale, débute avec une foi vive dans la durée.

Aussi Geneviève faiblissait dans sa résolution. A mesure que sa tendresse croissait pour Hubert, elle oubliait le fer rouge de l'injure, la colère vengeresse, elle ne sentait plus guère cette cicatrice qui s'était si souvent rouverte, qui l'avait tant de nuits tenue en larmes. Elle se reprenait à l'illusion; son cœur battait au songe des longues liaisons où la volupté s'auréole de générosité, de dévouement et de constance... Elle se rebellait toutefois. Elle se répétait ses promesses de naguère, elle appelait à elle toute son expérience de femme, elle se disait mille fois qu'aucun homme n'est fidèle, sauf, hélas! quelques pauvres hères dont la fidélité n'a point d'importance...

— «Qu'il m'aime seulement, pensait-elle... que je l'aie pleinement, ardemment, pendant une saison !... Nous consentons bien à vivre, sachant que nous devons mourir... pourquoi ne consentirions-nous pas à aimer sachant que l'amour se dissipera?...»

Alors, un doute poignant. Aurait-elle seulement cette minute délicieuse? Inspirerait-elle à ce jeune homme la passion violente qu'elle souhaitait?... Et elle le considérait qui passait nerveusement de la lumière à l'ombre et de l'ombre à la lumière. Un désir fou la pénétrait. Jeune, ardente, initiée par un homme désirable, elle souffrait de cette solitude si brusque. Elle s'y serait résignée cependant. Mais le sort lui offrait justement l'être qu'elle aurait choisi entre tous. Sans doute, elle avait chéri Guermantes, et profondément, mais elle en eût aimé un autre tout autant, tandis que, pour des raisons mystérieuses de « consonance », elle sentait bien qu'elle aurait en tout temps préféré Hubert parmi tous les hommes.

Et sa peur était excessive de ne pas lui plaire assez, de se livrer à lui avant qu'il la désirât pleinement. Elle redoutait encore les circonstances, la traîtrise du sort. Elle se sentait défaillir à l'idée qu'il pourrait lui échapper à jamais si elle lui résistait trop longtemps...

Elle s'approcha d'Hubert, laissant Chaudey et Grimont engagés dans une causerie sur la décadence des cigares :

— Vous marchez comme un fauve en cage ! lui dit-elle. Qu'avez-vous ?

Il s'arrêta, il murmura d'une voix concentrée :

— Je revis...

— Bien nerveusement !... On dirait plutôt que vous souffrez...

— Je souffre aussi... mais hier ma souffrance était mortelle... je m'abandonnais au courant... aujourd'hui je veux essayer de regagner la rive !

— Et l'on peut vous demander quelle est cette souffrance nouvelle ?...

Il eut un tremblement ; il ne savait s'il allait se taire ou parler. L'instinct décida. Il dit :

— Ma souffrance, c'est vous !

Elle se tourna vers l'ombre, haletante, mi-pâmée. Mais les femmes sont fortes contre ces émotions, et sa voix ne la trahit pas :

— En vérité ! dit-elle, malicieuse.

Elle fit un violent effort, se redressa et dit avec un accent de reproche :

— Je vous croyais sincère ?

Il rougit ; il craignit ardemment d'être méprisé par elle :

— Oh ! chuchota-t-il... vous n'avez pas

compris. Je n'ai pas oublié... mais dans tout mon être s'élève une force impérieuse et douce qui me commande de vous aimer...

Elle rit, avec un peu d'amertume :

— Aveu charmant ! Vous voudriez m'aimer et vous ne pouvez pas !

— Non ! reprit-il avec feu, aiguillonné par cette moquerie... C'est l'amour qui naît... une tendresse d'abord douce et amie qui devient brûlante... c'est un désir croissant... une obsession douloureuse...

Elle l'écoutait, charmée. Sa fine intuition de femme lui garantissait la sincérité de ces paroles ; elle y voyait apparaître l'amour comme on voit apparaître l'aurore parmi les étoiles pâlissantes.

Il poursuivit, humble :

— Pardonnez-moi, j'ai été imprudent... je n'avais pas le droit de parler...

— Qu'importe ! dit-elle... Je peux tout apprendre... je me demande seulement s'il ne vaudrait pas mieux pour vous ne pas nous revoir... pendant quelque temps.

Il joignit les mains avec effroi :

— Je vous ai offensée ?

Elle sourit dans l'ombre :

— Mon Dieu, non ! je ne suis pas de ces amies qui s'offensent d'une parole... seulement, si vous alliez m'aimer et si moi je ne vous aimais pas ?

Il demeura un moment sans répondre. Son cœur battait si fort que Mᵐᵉ de Guermantes l'entendait distinctement, et cette palpitation la remplissait de pitié amoureuse : quelle tentation de lui offrir ses lèvres, de crier sa tendresse...

— Me retirerez-vous votre amitié si je vous aime ?

Elle répondit fermement :

— Jamais !

Et elle ajouta :

— Ne songez qu'à vous !

— Alors je vous aimerai !

— Qui sait ! répondit-elle tristement.

Et elle retourna vers la région éclairée de la terrasse.

Cette soirée parut décisive. Hubert n'oubliait pas Clotilde, mais elle reculait en lui, derrière ces voiles où vivent mystérieusement les rêves que nous n'avons pas pu accomplir. Ils y semblent anéantis; et toute la vie se passe quelquefois sans qu'ils nous tourmentent. On sait cependant qu'ils persistent, et nous n'y pensons guère sans une petite sensation d'agonie.

Il se grisait de Geneviève, il découvrait continuellement de nouveaux motifs pour la désirer et pour la chérir. Elle demeurait passive; elle luttait de toute sa force pour cacher ses propres sentiments; elle attendait l'heure décisive avec toute la patience des femmes, car leur art est et sera éternellement ce que leur reproche bien injustement l'Ecclésiaste d'être « comme des rêts ». Elles sont perdues si elles ne prennent pas au piège. Elles ont contre elles l'infini mensonge du mâle qui, d'avance, s'absout de toute lâcheté amoureuse. Il faut vaincre ou déchoir. Tout don franc leur sera compté comme un vice.

Il trouva donc Mme de Germantes tiède et souffrit par elle, comme il convenait. Elle se montra craintive contre la médisance et lui imposa des rendez-vous plus courts et moins fréquents. Inquiet, et plein de jalousie sans cause, de jalousie abstraite, si l'on peut dire, il rôdait des heures entières autour des endroits où elle se promenait avec Grimont. Elle l'apercevait parfois de loin; son cœur alternativement se dilatait d'amour et se contractait de compassion. Elle croyait maintenant le tenir, avec une seule crainte pourtant, mais angoissante : le retour de Clotilde. Cette crainte dernière disparut à la suite d'une causerie avec Mme de Leuze : la jeune fille ne devait pas revenir avant l'automne. Alors, elle s'abandonna à l'espérance, et de toute sa ruse travailla à faire, sinon un amour durable, du moins une ardente flamme de passion dans l'âme du jeune homme.

Une après-midi, Geneviève manqua au rendez-vous quotidien. Elle trottait doucement vers Cyrane, escortée d'un petit paysan monté sur un bidet. Elle était nerveuse, tout son être féminin secoué par un besoin d'aventure et d'imprévu. En manquant au rendez-vous, elle jouait le hasard. Il y avait peu de chances qu'Hubert la suivît, et en définitive, s'il ne la suivait pas, cela ne prouvait pas grand'chose. Mais elle avait cédé à ce caprice, si illogique d'aspect et si juste au fond, qu'elles ont toutes. Non poursuivie, ce n'était rien ; mais poursuivie c'était une enivrante victoire. Elle ne manqua pas de répéter à Grimont qu'elle se rendait à la Fourche de Naufle et à la charbonnière qu'elle allait vers Cyrane. Elle avançait lentement, dressant parfois l'oreille qu'elle avait fine, le cœur sautant à tout bruit qui pouvait paraître un galop de cheval. Elle avait tout prévu, sauf l'orage. Il vint la seconder. A un quart d'heure de Cyrane, elle s'arrêta pour regarder l'immense nimbus ardoise, aux franges phosphoreuses, et elle dit à son petit compagnon :

— Jacquot, cours par la traverse chez M. de Chaudey et emprunte un manteau... je t'attendrai au pavillon de chasse... Si l'orage a éclaté, tu laisseras passer le gros de l'averse... je le veux !

Le petit Jacquot prit par la traverse et disparut en quelques minutes. La tête inclinée, Mme de Guermantes écoutait un galop qui grandissait derrière elle et souriait, un peu inquiète seulement à l'idée que ce pourrait être un autre qu'Hubert.

L'orage s'enflait rapide. Un vortex violâtre se creusait au couchant et, dans sa profondeur, très loin encore, des éclairs longs rampaient en silence. Geneviève frissonna, mais de plaisir : en tournant la tête, elle venait de dissiper son doute.

Hubert accourait violemment ; il ne ralentit le galop que lorsqu'il fut proche. Elle prit un air gai :

— Quelle bonne chance ! fit-elle...

— Ce n'est pas une chance, répondit-il... je vous ai suivie !

Elle parut étonnée :

— Et pourquoi donc... il n'est rien arrivé ?

— Pourquoi, s'écria-t-il avec vivacité, ne m'avez-vous pas attendu ?

— Il n'était pas convenu que je vous attendrais.

Il eut peur de l'offenser en paroles, mais il la regarda d'un air de reproche :

— Mais non ! reprit-elle... cela n'était das

convenu... J'espérais d'ailleurs vous voir encore à mon retour...

Un roulement de tonnerre passa sur les cimes ; la nuit parut descendre, les chevaux frémirent.

— Nous n'avons que le temps de nous mettre à l'abri ! s'écria-t-elle. Hop !

Ils quittèrent la grande route. Bientôt un pavillon se montra, jolie maisonnette sylvestre à volets rouges. La foudre approchait. Ses vastes rugissements roulaient sur la nue noire ; de minute en minute, une longue écharpe livide zébrait l'étendue :

— Mais c'est fermé ! dit-il...

Larges et lentes, les premières gouttes s'aplatissaient sur le sol.

— Le baron nous a donné une clef, dit-elle.. quand je vais vers Cyrane, je la prends avec moi.

Il l'aida à descendre de cheval, et tandis qu'elle entrait, il attachait les bêtes sous l'auvent. Il la retrouva dans la première pièce, un vague salon de chalet, dont elle avait déjà ouvert les contrevents. Dans la lueur trouble, il la considéra une minute, anxieux et ravi. L'orage et l'aventure la rendaient étincelante. La vive langueur de la bouche, le feu des yeux féeriques, la palpitation charmante de la gorge... toutes les grâces de la volupté jaillissaient d'elle comme les éclairs du firmament. Elle fut la femme, le rêve des hommes, ce qui a fait mourir les Marc-Antoine de l'histoire ou les Roméo de la légende... Il oublia l'univers, le passé, le futur — il ne vit que cette minute ardente qu'ils vivaient dans le grondement des météores...

— Ah ! fit-elle... j'étouffe !

Elle défit un peu son vêtement ; la chair apparut — mate, ivoirine, d'une blancheur fraîche, sans transparence. Se laissant tomber sur le sopha, elle sourit :

— Je suis lasse... comme si j'avais passé tout le jour à gravir une montagne !

Puis, comme réagissant contre sa faiblesse :

— Voyez ! l'orage est beau...

La pluie tombait, immense torrent aussi large que la forêt. Toute l'étendue verte gémissait ainsi qu'un peuple innombrable ; des coups de foudre furieux et rapides sem-

blaient l'attaque d'un fabuleux troupeau de fauves :

— C'est beau ! murmura-t-elle... Mais... je ne sais pas ce que j'ai... je m'endors...

Elle reprit plus bas :

— Ce n'est pas de l'évanouissement... une lassitude seulement !...

Elle avait laissé sa tête retomber en arrière ; elle parut endormie.

Il regardait, éperdu, inquiet, ces magnifiques lèvres rouges entr'ouvertes, ce sein qui s'élevait en un rythme délicieux. Il se pencha pour écouter le souffle... Elle fit un léger mouvement, il sentit la soie d'une joue contre la sienne, sa bouche toucha celle de Mme de Guermantes. Une sensualité sauvage tressaillit dans tout son être... Geneviève n'avait pas ouvert les yeux.

Alors, il marcha par la salle, plus tremblant qu'un criminel. La sensation du baiser persistait et brûlait toute sa chair. Il tournait autour de la jeune femme endormie en chancelant, tour à tour éloigné par l'effroi et ramené par le désir. Elle avait la tête inclinée ; la ligne du corps se dessinait sous le drap du vêtement et suggérait toutes les molles douceurs de l'abandon amoureux. Un parfum délicat s'élevait de la chevelure et se mêla à l'odeur mouillée de la forêt ; un petit pied gracile, coquet et presque espiègle apparaissait au bout d'une cheville mince. Hubert avait presque autant envie d'y appuyer sa bouche que de reprendre l'ardent baiser interrompu...

Elle soupira, ses yeux s'ouvrirent au moment où il s'arrêtait devant elle :

— J'ai dormi ?

Il devint rouge et balbutia :

— Pas longtemps...

Elle souriait vaguement ; puis, à un coup de tonnerre, elle se dressa, elle se trouva contre Hubert. La tentation fut irrésistible. Il ferma les bras, il s'écria d'une voix rauque :

— Je vous aime !... Je vous aime !...

Il attirait contre lui la tête éblouissante. Elle défaillait ; la tendresse et la sensualité alanguissaient tout son corps.

Une seconde, elle fut sans force, elle s'abandonna. Mais il était trop jeune pour saisir cette chance fugitive et déjà elle se dégageait :

— Oh! fit-elle avec reproche.. pourquoi avez-vous dit cela! Vous me désirez tout au plus!

Il hésita. Mais une force le dominait; il répéta avec véhémence :

— Je vous aime!

Elle rit, fiévreuse :

— C'est l'orage, dit-elle... Vous n'êtes pas libre en ce moment... Je ne veux plus vous entendre!

Elle s'était approchée de la fenêtre; elle regardait avec incertitude la pluie décroissante. Heureuse et triste, elle se demandait avec angoisse si elle ne laissait pas échapper une de ces rares minutes qui valent de vivre. Qui sait si l'erreur n'est pas de le faire attendre? Qui sait si l'abandon n'est pas la meilleure des tactiques? L'expérience est si peu de chose; les êtres les plus sincères sont si ondoyants et mystérieux!... Toujours l'amour est un pari, comme la destinée humaine. Et la folie gagne si souvent l'enjeu contre la prudence!...

Elle aspirait l'air orageux, elle sentait derrière elle ce jeune être qu'elle aimait; le vertige de naguère tourbillonnait dans sa tête. Pourquoi pas maintenant? Quel lendemain est sûr?... Et l'indécision la rongeait comme un poison... elle s'adressait vaguement à ces forces invisibles que les plus sceptiques invoquent par atavisme...

Un galop retentit dans l'avenue. Le petit Jacques remplissait l'office des dieux inconnus : il n'y avait plus de choix à faire.

Elle poussa un grand soupir de soulagement et dit à son compagnon :

— C'est pourtant vrai qu'il ne faut qu'un grain de sable pour décider du sort!

Il crut qu'elle parlait de l'orage et l'enveloppa d'un long regard mélancolique.

III

Cette scène le rendit plus timide. Les jours qui suivirent, il ne parla pas d'amour, et même il recherchait moins ouvertement la compagnie de Geneviève. Il faisait de longues chevauchées avec Chaudey et Moreuil, ou bien il écoutait danser les paradoxes de Grimont. Le souvenir du baiser volé brûlait

en lui comme ces petites lumières incessantes que l'église catholique garde en souvenir des cultes antiques. Mais il osait à peine espérer un lendemain, et il retombait dans ce que l'Écriture appelle le rongement. Chaudey s'en apercevait, comme il s'était aperçu des moments d'éclaircie; il en savait la cause, il s'en impatientait, sûr d'ailleurs d'un dénouement qu'il jugeait devoir être heureux pour Mme de Guermantes autant que pour Sauvaize. Toutefois, il n'osait rien dire au jeune homme. Sa parole la plus hardie ne dépassait pas un vague encouragement.

Un jour, ils suivaient ensemble la route qui mène au Trou de Bironne. Ils abordaient cette partie de la forêt où les chênes devenaient rares et maigres. De toutes leurs branches tordues, ces arbres infortunés semblaient chercher quelque chimérique pâture ou implorer quelque dieu des végétaux. Le soleil frappait rudement les éclaircies; des rochers vêtus de mousses brûlées ou de lichens barbus réverbéraient la chaleur ; on n'entendait que le vrombissement des mouches ou le grincement des sauterelles.

Une hutte solitaire se présenta, d'où s'exhalait une plainte longue, sinistre, qui émut les deux hommes :

— Allons voir! fit Chaudey.

Le spectacle était hideux et pitoyable. Une femme se tordait sur ce grabat, dans les convulsions de l'enfantement, et trois enfants maigres attendaient avec une effrayante impassibilité. Ces quatre êtres montraient des peaux rousses, des joues creusées comme des coupes, des pommettes pointues. La même fièvre de famine allumait leurs yeux vert d'eau.

— Ben quoi? dit rudement le hobereau, dont le visage écarlate exprimait la compassion. Qu'est-ce que vous fichez là, les mioches?...

La femme cessa un moment de hurler. Elle leva sa tête où pendait une crinière grise; ses prunelles douloureuses dévisagèrent les nouveaux venus. Elle eut tout de suite confiance.

— Ils meurent de faim? cria-t-elle... Leur père est mort... depuis huit jours... je n'ai plus de force... je ne peux plus me traîner.

Les voisins sont pauvres... Si j'avais pu nous mener à la rivière, ce serait fini !

Chaudey ne répondit pas. Par une vieille habitude de coureur des bois, il portait toujours avec lui de quoi manger. Il ouvrit son carnier, en tira du pain et du fromage, qu'il découpa en quatre portions. Un soupir effrayant salua l'apparition de cette manne miraculeuse. Les enfants avaient bondi comme des chats, et ils se tenaient auprès du hobereau, les mains avancées en griffes :

— Par rang d'âge !

Trois cris voraces se succédèrent, vite suivis d'une mastication violente. Chacun des petits s'était réfugié dans une encoignure ; leurs yeux verts peignaient une joie navrante.

Quant à la femme, elle avait mordu deux bouchées, mais la douleur coupa net son repas, elle se tordit comme une couleuvre avec d'effroyables gémissements :

— Il n'y a pas de médecin ni de sage-femme à moins de six kilomètres, grommela Chaudey d'un air pensif... Il est trop tard !... Ma foi ! à la guerre comme à la guerre...

Il ôta vivement sa veste, retroussa les manches de sa chemise, puis dit à l'aîné des garçons :

— Allez chercher le docteur... C'est à mes frais !

L'enfant échangea un regard de méfiance avec sa mère.

— Marchez ! dit-elle.

— Et vous autres, sortez ! cria Chaudey en roulant ses gros yeux.

Ils sortirent. Le baron tendit sa gourde à la bûcheronne :

— Buvez... Ça vous donnera du cœur...

Elle but un grand coup et grogna :

— J'ons point de crainte... C'est pas d'faire un éfant qu'est difficile... c'est de le nourrir !

— On s'en occupera, la mère...

Un attendrissement passa sur le visage ravagé :

— Ah ! si le bon Guieu en faisait beaucoup des comme vous... ça serait pas triste d'être au monde !

Une nouvelle crise la prit ; elle se mit à mordre son grabat. Hubert devint pâle :

— Ne restez pas ici, dit Chaudey... moi ça me connaît... Allez m'attendre dehors ! Et ne vous frappez pas !

Il poussa doucement Sauvaize et ferma la porte rustique. Le jeune homme se promena avec agitation dans la clairière. Il était sensible ; cette horrible misère lui faisait mal à l'âme ; il sentait confusément que sa caste indolente méritait d'être châtiée pour son indifférence et sa lâcheté. Qu'étaient ses maux auprès de ceux de ces pauvres gens ! En vain se donnait-il l'éternel argument que les natures délicates souffrent de leurs peines morales, autant que les pauvres de la faim et de l'insécurité, il ne parvenait pas à se convaincre. Les plaintes affreuses de la femme scandaient sa rêverie :

— Nous sommes atroces ! songeait-il.

Un cri plus horrible déchira le silence de la forêt. Quelques minutes plus tard, la tête de Chaudey parut à la porte :

— Ça y est !... Un gas solide qui ne demande qu'à vivre... et de par Saint-Laurent, mon patron... je jure que celui-là n'aura jamais faim !

— Je le jure avec vous ! s'écria vivement Hubert... pour lui et les quatre autres !

— Bien ça, mon fils ! Dès demain nous leur choisirons un coin, sur nos terres !

Dans la hutte, on entendit la voix lasse de la femme :

— Ça vous sera rendu !... Le bon Guieu, qui vous a envoyé par ici, vous oubliera pas itou !

Les petits fauves étaient revenus ; ils épiaient la scène de leurs yeux perçants :

— Voulez-vous nous fiche la paix, vermine ! hurla le hobereau...

Mais en même temps il leur promettait des dragées pour le lendemain.

— Nous avons bien fait de passer dans cet endroit, reprit-il... Non seulement il y avait urgence, mais ces bougres ne pensaient même pas à faire venir quelqu'un...

— Personne s'rait venu ! gémit la femme.

— Taisez-vous, la mère !... Vous parlerez demain... Bé ! j'entends rouler une voiture.

Il ne se trompait pas. Cinq minutes plus tard le médecin de Naufle faisait son apparition — un vieux homme blafard, au profil de mulot, renommé pour son indifférence bestiale et son avarice.

Chaudey l'interpella sans bienveillance :

— L'accouchement est fait, vieux farceur... Il reste encore une pièce à tirer et puis les soins... C'est à mes frais. Tâchez d'être doux ou je vous repincerai...

Le vieux avança sa bouche baveuse et dit :

— Fait ou pas fait... c'est pour un accouchement qu'on m'a appelé... ça sera le prix d'un accouchement !

La femme poussa un cri d'indignation :

— Putois !...

— Vieux salaud ! ajouta tranquillement Chaudey.

L'autre écoutait, dans la sérénité de sa lésine :

— C'est cinquante francs... compris six visites dans la quinzaine...

— Cinquante francs ! hurla la femme... Mon bon monsieur, faites-le partir tout de suite... J'voulons pas que vous payiez cinquante francs à cette sangsue.

Chaudey haussa les épaules :

— Achevez la besogne ! fit-il d'un ton bourru.

Un sourire d'avarice victorieuse plissa le visage sénile et, sans rancune, cuirassé par quarante ans de pratique contre les injures des paysans, des bûcherons et même des hobereaux, il se mit tranquillement à l'ouvrage.

— Ah ! l'injustice sociale ! disait Hubert, tandis qu'il poursuivait sa route avec Chaudey.

L'autre répondit :

— Il n'y a pas d'injustice sociale !

— Comment ! s'écria Hubert surpris... c'est vous, si bon, si humain, qui trouvez excusables de telles misères !

— Oui, fit tranquillement Chaudey... je trouve ça excusable !

— Vous vous apitoyez, cependant !

— C'est excusable aussi...

— Mais si tout le monde était comme vous, ces misères disparaîtraient ! A moins de vous renier vous-même, vous devez trouver qu'une société est mauvaise qui laisse se produire de telles atrocités.

— Non, je ne trouve pas ça. La société actuelle est mauvaise à cause de la Révolu-

tion, mais pas à cause de la misère des gens. Elle n'y peut rien.

— Voyons, s'écria plus vivement le jeune homme... songez qu'il y a en ce monde trop de blé, trop de vêtements, trop de tout, et qu'il y a néanmoins des gens qui meurent de faim. C'est inadmissible.

— C'est la faute de ceux qui meurent de faim ! *Ils se détestent entre eux.*

— Mais les riches, Chaudey... les riches !

— Les riches, aimer les pauvres ? C'est trop leur demander. Les pauvres, c'est grossier, sale et lâche. Vous ne pouvez pas admettre que des hommes intelligents, des jeunes femmes délicates et raffinées *aiment* ces brutes-là...

— Vous me dites ça après ce que vous venez de faire !

— Moi, je ne suis ni intelligent, ni délicat, ni raffiné, mon fils... sauf en cuisine ! Aussi, malgré leur mauvaise odeur (ils pourraient se laver après tout), j'aimerais les pauvres. Si je ne les aime pas, c'est parce que j'ai vu qu'ils se détestaient entre eux. Je ne puis le leur pardonner ! Ce sont des haines sauvages, des jalousies sournoises, et sans cause, sans excuse.

— L'éducation...

Chaudey leva les bras au ciel :

— L'éducation !... J'ai passé ma jeunesse à Paris pour essayer d'y décrocher un bachot auquel tenait mon père. Je n'ai pas décroché le bachot, mais j'ai vu des misérables qui avaient reçu de l'éducation... des pauvres en redingote et en habit... Ah ! mon ami, ce qu'ils se haïssaient, c'est rien de le dire !... Non, non, ce n'est pas la société qui est mauvaise, ce sont les hommes ! Même sous leur République, si les gens de la même classe s'aimaient entre eux, il n'y aurait à proprement dire pas de misère.

— Cependant la misère a diminué depuis les temps anciens.

— Je n'en sais rien... En tout cas, je me suis laissé dire par un philosophe qu'elle n'avait pas diminué en proportion de nos richesses... au contraire, elle aurait plutôt augmenté à ce point de vue. Jadis, il n'y avait pas assez de pain, et naturellement, il fallait bien qu'on s'en passât un peu. Aujourd'hui, il y en a trop, et on continue à s'en passer, quoique ce ne soit plus nécessaire. Donc nos fameuses réformes sociales n'ont rien fait de bon ! Et de nouvelles réformes feront moins encore !... Tandis qu'un peu d'amour entre les pauvres leur donnerait à coup sûr le bien-être...

— C'est ce que les socialistes essayent...

— Par le raisonnement ! Ils échoueront... Il ne faut pas raisonner, il faut s'aimer. Ces bavards n'arrangent rien !... Parbleu ! il y aura un peu moins de misère en l'an 2,000, parce que la richesse de l'Europe et de l'Amérique aura encore augmenté ! Mais cette richesse n'a rien... rien du tout à faire avec les lois, les parlements, les républiques, les collectivismes... c'est la suite du travail des hommes depuis le paradis des singes ! Faut pas nous la faire !

Chaudey s'excitait. Le sang lui envahissait le cou et les oreilles, et Hubert, ne voulant pas contrarier le brave homme, laissa doucement tomber la discussion. D'ailleurs, la petite diversion apportée à ses soucis par la souffrance du prochain s'évanouissait. L'image de Geneviève revenait, obsédante. A peine s'il écoutait son compagnon. Sous l'accablante chaleur du jour, parmi le frisson des chênes, il songeait à l'orage, aux lèvres fondantes, et sa chair se crispait dans d'insupportables désirs :

— Bon ! fit Chaudey... vous voilà retombé dans le mélancolique.

Et il chantonna à mi-voix :

« Moi, je suis sensibolo
« A votre petit ramagea ! »

Mais son ironie était feinte. Le gros homme avait en lui cette source ardente de sympathie qu'il se fâchait de ne pas rencontrer chez les autres. Il reprit :

— Le mois dernier vous souffriez du moins pour quelque chose !...

Hubert releva sa tête lasse :

— Pardonnez-moi, dit-il... je devrais être heureux.

— Vous *pourriez* surtout l'être... Un peu de patience seulement... Vous êtes au tournant de la route, la halte est proche !...

Leurs regards se croisèrent. Mais Sauvaize ne lut que de la naïveté dans les gros yeux du hobereau.

Il crut à une méprise et soupira.

— Savez-vous, dit Chaudey, qui nous allons rencontrer ?

Le jeune homme tourna vers lui un visage interrogateur.

— Grimont, s'écria le baron avec un gros rire... Grimont et Mᵐᵉ de Guermantes !!... Je sais que vous ne passez pas volontiers un jour entier sans écouter notre ami... Vous l'écouterez donc.

Hubert rougit, déconcerté une fois de plus par le flair de cet homme simple.

Depuis longtemps, ils avaient obliqué. La forêt finissait. De grands pâturages couraient vers l'occident, entrecoupés d'étangs, de mares, de ruisseaux, et de longues théories de peupliers. L'herbe était grasse, abondante, douce à regarder ; de beaux bœufs pâles mangeaient à cette table immense :

— La Terre promise ! murmura Chaudey... C'est là-bas que nous dînerons !...

Il montrait une auberge, au bord d'un étang, bâtie en grès rose, avec les contrevents verts de la légende.

Et bientôt ils aperçurent dans le verger, à l'ombre d'un pommier, un vieux voyageur et une jeune voyageuse qui attendaient.

— Eh là ! fit le voyageur... vous êtes en retard, ce me semble !

— J'ai aidé un de nos semblables à venir au monde ! répliqua gaiement Chaudey... J'espère que vous avez discuté le menu avec l'hôtesse...

— Nous aurons du moins un brochet merveilleux et d'excellente volaille ! répliqua Grimont. Quant au vin...

— Il ne faudra prendre que leur petit vin blanc : il est frais, jeune et joyeux. Le reste est à jeter aux pourceaux...

Les ombres des peupliers s'allongeaient sur la prairie, comme les aiguilles d'une horloge incommensurable. Grimont et Chaudey s'enfoncèrent dans une discussion profonde avec l'hôtesse.

Mᵐᵉ de Guermantes et Hubert se trouvèrent seuls au bord de l'étang.

C'était dans une anse, parmi des frênes et de jeunes peupliers qui faisaient une ceinture verte. Une douceur souveraine planait; le frisson des végétaux se mêlait à cette grâce de l'eau transparente qui émeut toutes les âmes. Des fleurs de soie et de neige s'ouvraient sur la nappe unie; l'heure s'avançait en ombres mauves; et Hubert contemplait le reflet des choses sur la silhouette élégante de son amie. Le teint de Geneviève variait singulièrement; ses yeux, selon qu'elle se tournait vers l'eau ou vers les arbres, prenaient le reflet de l'aigue-marine ou de la turquoise; sa pupille s'ouvrait large et magnifique ou se dérobait un peu, éblouie; le bruit de sa robe ressemblait à celui des feuilles.

Il palpitait d'inquiétude et d'espérance.

Tout à coup il s'interrompit de parler, il devint pâle. Il y eut un grand silence qui semblait se communiquer aux arbres, à l'étang et aux pâturages. Elle partagea passionnément son trouble, et se réfugiant dans la partie la plus ombreuse de l'anse, elle se sentit à bout de force.

Il se rapprocha; leurs regards échangèrent un désir sauvage.

Alors il tendit les bras, il attira contre lui le corps de Geneviève. Elle se débattait. Puis, n'en pouvant plus, haletante d'amour, soudain ses lèvres répondirent à celles du jeune homme. Ivre, il buvait la vie sur cette bouche fondante et il frôlait, à travers les vêtements, une poitrine dressée, un corps souple et tiède qui s'alanguissait dans le frémissement des voluptés :

« Oh ! non, se dit-elle... pas maintenant ! »

Les arbres bruissent interminablement autour d'eux, l'eau soupire contre le rivage; ah ! qu'elle se donnerait de bon cœur tout entière... Mais la volonté lui revient, elle repousse Hubert, elle se dégage...

Alors, il s'agenouilla doucement, il mit sa bouche sur le petit pied de Mme de Guermantes.

Souriante, elle sentait qu'il ne lui échapperait pas, et son rêve partait à travers le beau déclin d'été, parmi les fleurs blanches et les arbres, jusqu'aux nuages éblouissants qui attendaient les gloires du Crépuscule.

Ils le reprirent, ce baiser, chaque jour, éperdument. Comme un avare qui ménage

son or, Mme de Guermantes savourait longuement les préliminaires de l'amour. Sûre maintenant de son heure, elle voulait le poème du désir inassouvi. La pitié même qu'elle avait d'Hubert ne faisait pas fléchir sa résolution.

Elle avait trop souffert pour ne pas craindre la pitié, et si pour tous les êtres l'amour est un combat, il l'est bien plus pour ceux qui ont une revanche à prendre. Sans doute, elle ne cherchait pas à tourmenter, mais voulait goûter sa victoire, et quand les femmes la goûtent-elles mieux qu'avant la possession ?

Souffrait-il d'ailleurs ? Bien moins à coup sûr que naguère. Il vivait pleinement, violemment, sans désespoir. La crainte de l'imprévu, la jalousie, l'affolement du désir réprimé... n'était-ce pas la juste rançon de cette vie nouvelle ? Il ne songeait aucunement à se plaindre. Il était ivre de Geneviève, et tous ses sentiments se confondaient dans cette ivresse.

Bonheur, malheur, c'étaient alors des mots qui n'avaient plus aucun sens général. Loin d'elle, l'angoisse, les éveils du cœur qui ronge comme une bête mauvaise, un ennui horrible, des impatiences frénétiques; près d'elle, l'exaltation, le cœur bondissant de joie, une sécurité extraordinaire, l'oubli du monde.

Il vint un jour que Grimont était sorti. Il n'y avait à la maison que Geneviève et un vieux domestique qui nettoyait une voiture auprès de l'écurie. Elle n'attendait Hubert qu'une heure plus tard, mais il avait vu de loin Grimont sur la route, et la tentation avait été trop forte. A cause de la chaleur, elle était très légèrement vêtue de linon :

— Vous venez tôt, fit-elle.

— Je n'ai pu y tenir... Depuis longtemps, je rôde sur la route.

Un silence. Le désir faisait cligner leurs paupières. Il la saisit. A travers l'étoffe fine, c'était presque comme si elle eût été nue. A chaque mouvement, le tissu glissait sur la chair tiède. Et le parfum qui montait d'elle le grisant, il poussa un soupir farouche, il la fit ployer. Mais elle résistait, elle contractait ses jambes, tandis qu'une bouche vorace courait dans son cou, sur sa gorge, sous le bras.

— Non! non!

Ses seins se levaient, une folie sensuelle dilatait ses pupilles. Elle n'eut de ressource pue de se précipiter vers la fenêtre, et elle restait là, haletante, ne sachant si elle regrettait d'avoir échappé ou si elle s'en réjouissait.

Il poussa le cri des amants :

— Vous ne m'aimez pas!

Elle garda d'abord le silence, mais sa bouche entr'ouverte, ses seins qui s'élevaient dans un trouble charmant, répondaient pour elle. Il crut alors qu'elle lui résistait par vertu et cette idée l'atterra.

— C'est vous qui ne m'aimez pas! fit-elle d'un ton moqueur...

Elle se détacha de la fenêtre et se regarda dans la glace!

—Un voleur ne m'aurait pas mieux arrangée.

Elle fixa sa chevelure prête à céder et rajusta son corsage.

— « Donnez-moi cette rose! dit-elle en montrant une « Marie-Thérèse» qui baignait sa tige dans une coupe de Venise...

— Me voici cuirassée... Dites-moi maintenant que vous m'aimez et que vous regrettez votre violence.

— Je vous aime, et je ne regrette pas ma violence!

— Vraiment... Vous êtes encore plus Peau-Rouge que je ne croyais...

— Pourquoi badinez-vous? fit-il tristement... Cela me fait une peine affreuse!... C'est comme si vous vous faisiez soudain lointaine... étrangère... inaccessible!...

—Ah! je le voudrais, dit-elle, grave... j'ai peur!!...

Elle frissonna; elle était en partie sincère : celles-là sont bien usées ou bien rudimentaires à qui l'amour ne cause pas de frayeur :

— Je ne vous plains pas, reprit-elle brusquement!... Je devrais haïr votre impatience... C'est l'impatience d'une bête qui veut sa proie !

— Non, répondit-il avec humilité, c'est la crainte de vous perdre.

Elle eut un geste nerveux :

— De me perdre? Est-ce vrai cela? N'est-ce pas plutôt la peur de perdre l'*occasion!* Oseriez-vous jurer que vous me regretteriez beaucoup si je partais *après* vous avoir appar-

tenu? Oseriez-vous me jurer que vous désirez, au fond du cœur, m'aimer toujours?

— Je le désire du fond du cœur.

— Vous m'épouseriez si j'étais libre?

— Je vous épouserais!

Elle tapota vivement la cheminée de sa petite main. Pour la première fois une jalousie vraie la traversait. Elle s'écria malgré elle :

— Et *l'autre* ?

— Ne parlez pas d'elle, fit-il avec agitation... Cela n'est pas bien!...

— Je veux une réponse.

— Mais vous savez bien que j'ai pour jamais renoncé à elle!

Il respira avec force, comme un homme qui étouffe. Puis, il baissa la tête et demeura accablé. Mais elle voulait absolument une réponse :

— Eh bien ?

— Je vous aime autrement.

— Ce n'est pas répondre, m'aimez-vous autant?

Leurs yeux se croisèrent. Il implorait, elle voulait qu'il s'humiliât, qu'il mentît, qu'il reniât le passé. Sa main se posa sur celle du jeune homme, elle emplit ses yeux de caresse. Alors, il défaillit, il murmura avec angoisse, et se disant qu'il ne faisait tort à personne :

— Oui!

Elle devint rose. Elle ne savait s'il fallait ou non le croire, — car c'est ici un de ces moments où elles perdent l'intuition — mais une telle réponse, venant de cette âme sincère, impliquait assez d'amour pour qu'elle en triomphât.

— Ah! commença-t-elle... et moi...

Elle s'interrompit : le roulement d'une voiture attira son attention ; elle vit Grimont qui reparaissait avec Moreuil et Mme de Leuze. Et ne voulant pas que son aveu fût hâtif et interrompu, elle dit :

— Demain à quatre heures, nous nous verrons, sur la route de Cyrane... près du pavillon !

— Par ce temps soudanais, dit Grimont, qui avait fait installer ses visiteurs près de la fontaine et du bassin au léopard, je ne conseille pas de boissons froides... Voulez-vous essayer de mon pékao? On me l'envoie du

Turkestan et sa vertu contre la chaleur est surprenante.

— Voyons votre eau chaude, répondit Mme de Leuze.

Et Grimont disparut pour surveiller la décoction.

Moreuil marchait autour du bassin avec Geneviève ; la baronne observait Hubert en silence. Il sentait cette prunelle noire pénétrer à travers son crâne et lire dans sa pensée. Un sourire dédaigneux plissa les lèvres minces :

— N'est-ce pas qu'on n'en meurt pas ? murmura enfin la vieille dame.

Il tourna vers elle un visage hostile.

— Que vous me détestez ! chuchota-t-elle... Et pourquoi ? Je vous ai épargné le pire des supplices.

C'était vrai, peut-être. Mais personne n'aime ces êtres volontaires qui ont toujours l'air de régler les destins.

Il dit :

— Pourquoi en parler ?... S'il est vrai que j'ai oublié... le souvenir est amer !

Elle secoua la tête :

— Amer ? Vous êtes sûr ?

Il crispa le poing ; une ombre passa sur son front :

— Encore quelques jours, fit-elle... et le souvenir deviendra doux.

Et elle ajouta, sombre :

— Il n'y a que la trahison qui garde son mauvais goût... Personne ne vous a trahi !...

Il s'étonnait de ce qu'elle persévérât à s'occuper de lui et ne put s'empêcher de lui dire :

— Que vous importe ma pauvre personne ?

Elle fronça les sourcils et répondit :

— Plus que vous ne croyez !

— Elle ne vous importe sûrement pas par sympathie !

Elle le regarda singulièrement :

— Vous apprendrez cela plus tard.

Cette réponse l'inquiéta et l'impatienta. Son ton se fit presque agressif :

— On dirait parfois que vous vous plaisez à me faire souffrir...

— Qui sait ? dit-elle avec sang-froid... Je ne crois pas cependant... Mais l'énigme de votre destinée m'intéresse... Je n'en ai pas connu de plus singulière !

— Chaotique peut-être... mais singulière ! A moins que vous ne reparliez de ce mauvais testament...

— Du testament aussi... Voyez comme, en apparence, vous vous éloignez de tout ce qu'on a pu y *suggérer !* Mais ce n'est là que le menu. C'est le reste qui est passionnant pour moi !

« Elle est bien peut-être un peu folle ! » se dit-il. Et son regard exprima si nettement cette impression qu'elle se mit à rire :

— Grand merci !... Je voudrais que vous n'en doutiez pas !

Grimont parut, suivi de l'unique domestique présent, qui apportait des tasses et une théière :

— Je l'ai fait moi-même ! s'écria-t-il... selon les rites de Yang-Pong, vieux de quatre mille ans.

— Et quels sont ces rites ? demanda Moreuil...

— Jeter le thé en trois pincées... moudre quatre prières en trempant la théière au bain-marie... verser sept fois en prononçant des paroles magiques entre chaque versée... remoudre trois prières... jeter quelques pétales de la fleur ya-kou-vinh, et le thé est digne des dieux.

— Mais vous n'avez pas de moulin à prières ?

— Que si !... Un délicieux moulin et les prières *ad hoc*... J'ai aussi les paroles magiques, qui sont des proverbes sur l'agriculture... et quant à la fleur ya-kou-vinh, je la reçois avec mon thé... Tout est à point... L'âme des ancêtres jaunes veille sur nous... Tu peux servir, Geneviève !

IV

La ligue contre le braconnage tenait ses assises chez Chaudey, qui en était le fondateur. Les membres de la ligue étaient installés sur la terrasse, à l'ombre, et buvaient considérablement, tout en s'enveloppant d'une épaisse fumée de pipes et de cigares. C'était pour la plupart de robustes hobereaux à la voix volumineuse, entremêlés de quelques propriétaires plébéiens. L'ordre du jour comportait des mesures à prendre pour le repeuplement des forêts et contre l'audace croissante des braconniers. Verneuse proposait de grandes expéditions de nuit qui, battant à l'improviste différents coins du territoire, devaient finir par la capture des délinquants les plus redoutables :

— Toute autre méthode est fallacieuse, concluait-il... Nos gardes, disséminés sur de grands territoires, parfois craintifs, presque jamais zélés, ne peuvent lutter contre des gens que guident la passion et l'intérêt... Seul l'œil du maître... multiplié par vingt, sera efficace...

— Verneuse a raison ! s'écria Moreuil... Si les propriétaires ne se décident pas personnellement à prendre des mesures, avant dix ans, ce district, si giboyeux encore, sera dépeuplé comme les départements voisins... L'action individuelle est vaincue d'avance, l'association seule peut nous sauver... Quant à l'effort à faire, qu'est-ce ? Une chasse après tout, une chasse à l'homme bien plus excitante que la chasse à la bête... une peine sans doute, mais plus encore un plaisir !

Il se dressait, les narines ouvertes, ses yeux de Sicambre pleins d'étincelles, fière silhouette barbare qui excita l'assemblée. Tous applaudirent, si tous n'approuvèrent pas sans réserve :

— C'est très bien, fit alors un personnage maigre élevant deux mains velues... moi je veux bien ! Mais alors, il s'agit de prendre des engagements formels. L'enthousiasme, j'en ai soupé... Je l'ai vu à l'œuvre depuis quarante ans : c'est le roi des lâcheurs. Pour mon compte, si nous avons une majorité ferme, je marche. Seulement, ne nous dissimulons pas les difficultés de l'entreprise. La population ne sera pas avec nous, non seulement parce que tout un chacun a sur la conscience quelque lièvre, quelque perdrix ou quelque lapin de garenne, mais encore parce que nous sommes médiocrement sympathiques... Une battue, deux battues, on laissera faire. Mais gare l'éveil ! Candidats, conseils municipaux, lignes des droits de ci et des droits de ça, ne tarderont pas à nous mettre en conflit avec les autorités... On ne nous combattra pas directement, on nous tracassera, ce qui est bien pire... Êtes-vous prêts à toutes les piqûres d'épingles de la gent préfectorale et justicière ?...

Ce discours porta. Malgré l'atmosphère de beuverie et de tabac, presque tous ces hobereaux sentirent la sainte prudence leur envahir l'âme. Ils aimaient leurs aises ; leur caractère batailleur ne s'exerçait que contre les bêtes des forêts. De l'ancien esprit aristocratique, ils gardaient le dédain du tiers-état, mais ils ne désiraient pas combattre : le souvenir de cuisantes défaites leur conseillait le calme. Seuls, les plus hardis, et aussi les parvenus sans particule, répondirent par des « oui ! oui ! » violents à la question de l'orateur.

— Comptons les voix ! fit celui-ci avec une lippe sarcastique.

Sur vingt-trois électeurs, il se trouva tout juste huit partisans décidés des battues.

Moreuil jeta un coup d'œil dédaigneux sur l'assemblée :

— Huit suffiront, fit-il avec éclat... Nous sauverons ceux qui craignent de se mesurer avec nos maîtres !

— Nous ne craignons, dit vivement d'Avincourt, que les tracasseries... Une lutte face à face nous trouverait tous prêts !

Moreuil se mit à rire, ironique et furieux :

— Qui doute de votre courage physique cria-t-il... Mais le courage physique n'est même pas une qualité... son absence serait une ignominie. C'est le courage moral qui *nous* manque, messieurs, et les Césars de la Marianne n'ont plus qu'à nous regarder mourir en les saluant... car nous sommes polis !...

La majorité grogna, mécontente. Grimont s'avança avec une mine aimable :

— Permettez à ma faible voix de se faire entendre... Il y a moyen de préserver votre gibier et de vous liguer sans péril.

— Voyons cela ! fit Chaudey avec défiance.

— Il faut, messieurs, vous affilier à la Ligue des Droits de l'Homme, à la Franc-Maçonnerie et fonder un club radical socialiste et anticlérical...

Un mélange de huées et de gros rires accueillit cette proposition.

— Messieurs, reprit Grimont avec fermeté, je ne plaisante pas. J'ai beaucoup réfléchi à la question sociale, j'entends à cette partie de la question sociale qui nous intéresse. C'est mon avis que nous n'avons plus qu'un seul moyen de nous sauver, en attendant la débâcle où tout le vieux monde s'écroulera. La noblesse française a près d'un siècle à vivre, si elle veut résolument se démocratiser et s'anticléricaliser. Au fond, la démocratie seule nous respecte... elle seule garde la vénération du titre, comme nous le démontre surabondamment l'Amérique. En descendant vers elle, nous couperions court à l'anoblissement en masse de la juiverie et de la bourgeoisie riche qui menacent de nous submerger sous la boue et le grotesque. Nous sauverions nos titres, nous les mettrions à l'abri de la falsification et de l'imposture, tandis qu'en nous liant, comme nous le faisons de plus en plus, avec les parvenus bourgeois, nous finissons par perdre à la fois notre honneur, notre dignité et nos noms... Démocrates et antichrétiens, nous pourrons nous liguer tant que nous voudrons, défendre en sécurité nos lièvres et nos faisans, garder ce qui nous reste de privilèges moraux, et développer nos intelligences, que notre éducation atrophie lamentablement.

Un rire énorme salua la harangue.

— Vive le fumiste! cria un gentilhomme au profil d'hippopotame.

Grimont en prit gaiement son parti :

— J'ai été sérieux, messieurs, repartit-il. Le moyen que je vous indique est le seul bon. Mais après tout qu'importe... Au lieu de cent ans vous en vivrez vingt ou trente... et peut-être vaut-il mieux pour nos descendants d'être perdus parmi les bourgeois au jour de la grande échéance... Laissez donc tout ensemble périr votre gibier et votre race...

Les hobereaux se regardaient, indécis. Seul le gentilhomme à profil d'hippopotame persistait à rire.

— Personne ne demande plus la parole ? interrogea Chaudey... Bien. La ligue contre le braconnage est fondée... Nous prions seulement ceux qui n'ont pas voulu en faire partie de nous garder, provisoirement, le secret...

De nouveaux liquides parurent, avec des caisses de cigares et de cigarettes.

Moreuil disait dans un groupe :

— Grimont a eu l'air de jouer du paradoxe, mais dans le fond, nous ne pouvons plus nous sauver que par une solitude absolue ou par une entente avec la démocratie. Tout noble digne de son nom ne devrait plus mettre les pieds à Paris. Paris nous dissout. Les salons, même les plus fermés, sont des agents de gangrène. Cette grande maison de passe, où l'univers entier vient s'assouvir, n'est propre qu'à nous ruiner, à nous forcer aux mésalliances, et à perdre ce qui nous reste de crédit moral...

— Il ne nous reste aucun crédit moral, fit Hubert. Le genre de fascination que nous exerçons encore est une honte bien plutôt qu'un honneur. Nous ne pouvons que rougir du sale hommage que continuent à nous rendre des filous enrichis. Pour mon compte, je préfère rentrer dans la foule!

— Ah! pour cela non! se cabra Moreuil en redressant son buste héroïque. Je tiens ma caste pour finie, mais je veux mourir dans ma tour, et dans l'esprit de mes ancêtres !

— Mais l'esprit même de nos ancêtres a disparu ! Pourquoi ne pas redevenir simplement des hommes ?

— Un loup ne devient pas un chien. — Mes pères m'ont transmis des organes qui ne peuvent pas s'adapter au milieu nouveau. Il vaut mieux périr fièrement que de languir en pleutre !

— Vous êtes de pauvres fous ! intervint Grimont. La foule n'a que faire de vous, Sauvaize... et la tour de vos ancêtres, Moreuil, est bien étroite ! Il y a un vieux scribe, dont on a attribué les ouvrages à Salomon, un vieux scribe un peu geignard, mais qui a dit ces fortes paroles: « C'est pourquoi j'ai prisé la joie, parce qu'il n'y a rien de meilleur à l'homme que de manger et de boire et de se réjouir ! » Eh bien ! le sort nous a donné, à tous ici présents, les moyens de suivre ce conseil... Laissez aux faméliques la consolation de mourir dans des tours ou de se confondre avec des foules... Aimons le bon vin et la cuisine délicate, sans d'ailleurs en abuser, car le même scribe a dit également: « le vin est moqueur et la cervoise est mutine ; et quiconque y excède n'est pas sage. »

— Le vieux scribe a manqué à tous ses devoirs, s'écria Moreuil en riant, s'il n'a pas aussi recommandé d'assaisonner sa vie de paradoxes.

— Pourquoi, riposta Grimont, de tous temps l'humanité a-t-elle accusé de sophisme ceux qui lui prêchaient de goûter l'heure présente?

— C'est qu'elle a bien senti qu'il n'y avait pas de présent ! Les hommes sains d'esprit ne vivent qu'au passé et au futur.

— Alors, fit Grimont en levant les bras, je suis...

— Un fou ! interrompit le comte.

— Mais un fou heureux, Moreuil... moi seul suis heureux parmi vous tous !

— Justement, le bonheur est la marque d'un fou ! L'état normal de l'humanité est l'inquiétude...

Une horloge sonna. Hubert alla serrer la main de Chaudey et il se dirigeait vers son cheval, lorsque Grimont vint lui dire :

— Par où passez-vous?

Le jeune homme répondit avec un peu d'embarras :

— Par le lac des Granits.

— Bon, c'est mon chemin, je vous accompagne !

Hubert s'inclina, rougissant, mais Grimont n'était pas homme à s'en apercevoir. Quelques minutes plus tard, ils chevauchaient dans la forêt.

— Je vous trouve mystérieux depuis quelques jours, disait Grimont. Auriez-vous un flirt? Mais du diable si je vois avec qui on peut flirter dans ce pays sauvage...

— Ni moi ! répliqua Hubert d'un ton contraint...

— N'est-ce pas? Sauf nos ravissantes amies des Aulnes, je ne connais que des variétés du mafflu, de l'asperge ou de l'oie ! Cristobal ! quand je pense que c'est ici un des derniers refuges de l'aristocratie, ça n'est pas pour vous donner une idée extraordinaire de nos ancêtres... Avez-vous remarqué les extrémités des braves gens que nous venons de quitter ? Le paradis des éclanches et des battoirs !

— Mais, fit Hubert, heureux de la diversion, je crois que l'on nous a floués en nous donnant la petitesse des extrémités comme un signe de race. Ce n'est qu'un signe d'oisiveté. Les peuples fainéants, Italiens ou Espagnols, ont de plus jolies extrémités que les peuples laborieux. Les courtisans, peut-être, eurent de fines attaches, mais les gentilshommes chasseurs et marcheurs, les descendants surtout des vainqueurs francs, normands ou bourguignons, durent avoir des extrémités notables !...

— Nous sommes donc des courtisans ! s'écria joyeusement Grimont... et ce grand Moreuil qui semble taillé pour porter une marmite de fer sur la tête en est un autre !... Le vrai est que l'aristocratie de race, ça n'existe pas. La caste n'a jamais été suffisamment cadenassée contre les entreprises du dehors... le moyen âge, entre autres, n'est qu'une gigantesque épopée du cocuage. Tandis que le seigneur guerroyait, et Dieu sait si le bougre allait loin, parfois jusqu'en Palestine !... les femmes se livraient à toute la séquelle des vilains bien bâtis ou insinuants, varlets, aumôniers, voire troubadours. Plus tard, des roturiers souillèrent jusqu'à la litière royale, car vous n'allez pas prétendre que la cour des Médicis, par exemple, accourue en suite de Catherine et de Marie, fut autre chose que de la graine de marchands, dont maints, d'ailleurs, n'étaient pas même anoblis ! Et je ne compte pas les usurpateurs qui, de 1400 à 1789, formèrent la majorité des nobles ! Quant à nous, fils d'émigrés cocufiés dans les Allemagne et les Angleterre, ou fils de juives, vrai ! il nous en faut un aplomb pour nous considérer comme une *caste !*

— Alors cela vous serait indifférent de rentrer dans la foule...

— Ah! non.... permettez. Je suis le comte de Grimont... et que mes ancêtres aient été valets, marchands enrichis, moines ou muletiers, mon titre est une valeur... oh! une valeur due à la seule imbécillité humaine, mais d'autant plus précieuse. Barbey d'Aurevilly disait que la politesse était un bâton de longueur pour tenir les sots à distance... la noblesse est un bâton de longueur de même sorte, et plus efficace ! Au nom de qui, de quoi, irais-je y renoncer? J'attendrai s'il vous plaît qu'on nous l'arrache... ce qui n'est pas probable durant mon existence ! Mes semblables ne me sauraient aucun gré de faire autrement et cela ne leur servirait à rien... Le privilège qu'on doit à une bêtise du'on n'a même pas la peine d'exploiter, à une bêtise qui vous le donne de plein gré, avec une joyeuse platitude, vraiment je ne vois pas à qui on pourrait le rendre, ce privilège ! Souffrez que je reste comte de Grimont, souffrez que je me refuse à entrer dans une foule assez grotesque et lâche pour s'ébahir encore devant un titre !

Hubert regardait devant lui avec inquiétude. La route qu'ils suivaient croisait celle de Cyrane, et Geneviève pouvait inopinément apparaître. Et, selon la règle, le jeune homme tenait d'autant plus au rendez-vous qu'il craignait davantage de le perdre. Involontairement, il pressait son cheval, afin d'atteindre le lac des Granits, où il pourrait quitter naturellement son compagnon.

Il répondit distraitement :

— Vous n'aimez pas l'humanité ?

— Mais, si, je l'aime beaucoup...

— Comme la caille... pour en manger.

— Comme ça et autrement... comme par exemple j'aime mon chien... Je n'ignore pas que je suis un homme et, comme dit l'ancien : *nihil humani*... Oui, je l'aime, elle m'amuse, elle m'attendrit, elle m'étonne... et elle travaille pour moi. Elle est stupide et sublime, infecte et exquise, et si elle m'énerve souvent, je ne pourrais pas m'en passer. Fichtre ! les Robinsons ne feraient pas mon affaire ! Qui me planterait mes fruits, me cueillerait mes truffes, me torréfierait mon café, m'enverrait mes épices, me choisirait mes viandes ?... On ne peut pas ne pas l'aimer.

— Pourtant, fit Hubert en souriant... vous ne feriez rien pour elle !

— Rien pour elle ! s'exclama Grimont. Mais boufre ! je suis le meilleur de ses fils. Je m'intéresse à ses produits — surtout alimentaires — avec une passion dont elle peut s'enorgueillir... Mon goût, par l'intermédiaire de mes fournisseurs, l'engage perpétuellement à perfectionner ce qu'elle fait de plus exquis... je favorise son commerce et son industrie avec ardeur. Je traite avec douceur, et je paye largement les aimables prolétaires qu'elle délègue pour me servir !... Que voulez-vous que je fasse de plus ? Que je m'intéresse à la question sociale, peut-être. Mais je m'y intéresse, je ne lui veux

que du bien. Seulement, je ne sais pas quel parti prendre. Le ciel m'a refusé le don de prophétie, j'ignore le bien et le mal des doctrines : ne serait-il pas abominable que je me mêle de ce que je ne comprends pas ?

Le lac des Granits apparaissait dans sa grandeur funèbre. De noires tribus de corbeaux s'élevaient ou s'abaissaient par intervalles. L'ardent soleil avait flétri les roseaux, mais une neige de fleurs s'épandait sur l'eau verdissante. Hubert, maintenant, avait ralenti la marche, sans que Grimont, tout à son discours, s'en fût aperçu :

— Vous allez par Haut-Pré ? demanda timidement le jeune homme.

Grimont se mit à rire :

— Vous voulez me semer !... Oui.

Il tendit la main :

— Bonne chance... Est-elle maffiue ou asperge ?

Il s'éloigna. Hubert suivait du regard, avec quelque remords, la silhouette décroissante.

Il arriva trop tôt près du pavillon et, après une minute d'hésitation, il préféra descendre de cheval et attendre Geneviève, caché parmi les bouleaux, plutôt que de courir des bordées le long de la route. Cette partie du bois était très déserte. A peine s'il y passait deux ou trois forestiers dans le courant du jour. Hubert logea son cheval dans la petite écurie et se mit à rôder. On avait, jadis, esquissé un jardin autour de l'habitation ; des fleurs devenues à moitié sauvages mêlaient leurs figures pourpres, bleues, argentines, jonquilles. Il en cueillit quelques-unes et fit un bouquet, après avoir rejeté celles qui perdaient leurs pétales. Parfois, il dressait l'oreille, croyant entendre le galop d'un cheval ; il tirait de plus en plus souvent sa montre. Maintenant Mme de Guermantes était en retard, et le silence du bois prouvait qu'il ne fallait pas l'attendre encore. Il commençait à s'impatienter ; à chaque instant son cœur avait un saut brusque.

A quatre heures et demie, il désespéra :

« Elle ne viendra pas ! » se dit-il.

Une forme blanche apparut à l'improviste. Il poussa une exclamation joyeuse :

— J'ai laissé la voiture près de la Croix-de-Boutan, avec Jacquot, fit-elle. J'avais envie de marcher. Je suis un peu lasse !

Elle était vêtue d'une robe de foulard gris perle, fine, très souple, une de ces robes joliment chiffonnées qui ne craignent pas le froissement. Ses prunelles étaient dilatées, très noires ; les paupières, translucides comme la chair des églantines, semblaient meurtries. Ils se regardèrent, mais tout de suite baissèrent les yeux : la violence de leur désir les rendait timides et leur ôtait la parole.

Il tendit son bouquet. Elle le prit avec un sourire et d'une voix presque rauque :

— Je désire m'asseoir.

Et elle marcha vers le pavillon dont elle avait remis la clef au jeune homme.

Elle s'était assise sur un grand divan bas ; elle respirait les fleurs en silence, tandis qu'il ouvrait un des volets. Lorsqu'il eut fait entrer la lumière, il s'agenouilla devant elle et demanda ses lèvres. Elle les lui tendit lentement.

— Dites-moi encore que vous n'aimez que moi ! fit-elle.

Toute la chair d'Hubert n'était que désir. Il ne pensait, il ne sentait que le vœu de posséder cette femme et d'être possédé par elle :

— Je n'aime que vous !

Elle eut un sourire languissant et d'une tendresse infinie. Leur baiser reprit plus violent ; elle se laissa tomber contre l'épaule du jeune homme... Par le corsage entr'ouvert, la poitrine jaillit, éblouissante ; il y promenait des lèvres de feu. Mme de Guermantes résistait encore. A cette minute décisive où elle allait perdre autant, et plus peut-être, que le soir de son mariage, elle eut une courte hésitation. Elle vit l'irréparable et s'en effraya. Mais elle ne s'appartenait déjà plus. Une douceur immense, irrésistible, le délire d'une chair brûlante... elle poussa une faible plainte, attira violemment le jeune homme contre elle et se sentit vaincue.

Il se releva avec l'orgueil tumultueux, avec l'inquiétude aussi, qui suit ces victoires.

Toute la gloire humaine n'est qu'une caricature de la gloire amoureuse. Il n'est pas d'homme ardent qui ne goûte cent fois le triomphe des César et des Bonaparte quand il possède une femme qu'il a désirée avec violence. C'est l'univers entier qu'on possède, c'est une heure où l'on est Dieu. Aussi, de toutes les inégalités, les plus choquantes ne sont pas celles des intelligences, des forces, des richesses, mais celles qui tiennent à l'impuissance de plaire...

Il contempla longuement Geneviève. Elle ne bougeait pas, le bras contre son visage, à moitié étendue, dans le désordre délicieux de la femme qui n'ose encore revoir la lumière. Alors, tout bas, il se mit à balbutier les supplications, les mots d'amour et les tendres regrets qui se mêlent au triomphe.

Il avait emprisonné un des petits pieds entre ses mains, il l'embrassait doucement. La crispation légère de la cheville faisait renaître son désir.

— Geneviève !

Elle ne répondit pas. Il voyait s'élever et s'abaisser l'étincelante poitrine. Alors, au hasard, il mit de grands baisers sur les genoux, sur la robe, sur les épaules et de nouveau sa bouche se retrouva près de celle de Mme de Guermantes :

— Pardon, pardon ! murmura-t-il.

Mais ses lèvres retenaient les lèvres de l'amante. Quelque temps, elle parut lointaine, insensible... Puis, le baiser se renoua, frénétique ; l'oubli de tout ce qui n'était pas eux et leurs caresses les terrassa dans la divine folie qui perpétue la race des hommes.

V

Ce furent des jours magiques. L'adoration de leurs chairs remplissait, sans un vide, leurs existences. Egalement jeunes, ardents, infatigables, sans nuage de jalousie, ils se dépensaient superbement ; et les heures qu'ils ne passaient pas ensemble étaient enchantées par des souvenirs enivrants.

L'aveuglement et l'indifférence de Grimont, la complicité discrète de Chaudey, et peut-être de Mme de Leuze, donnaient à leur aventure une facilité charmante.

Ils se rencontraient à leur gré, presque tous les jours. Dans le bois solitaire, au sein d'une population apathique, insoucieuse, ils n'étaient que faiblement soupçonnés. D'ailleurs, si Hubert avait des craintes pour Mme de Guermantes, elle-même, aventureuse et téméraire, n'en avait aucune. Elle *voulait* que leur bonheur fût parfait. Rien ne comptait devant cette volonté. Pleine de rancune contre la vie, pleine de méfiance contre l'avenir, elle s'efforçait de ne songer qu'au présent : elle y réussissait. Ce jeune amant, dont elle était la première maîtresse véritable, elle l'aima avec toute la fougue de son corps, avec tout l'élan de sa revanche contre le sort : elle se donnait avec une sensualité téméraire qu'elle eût peut-être réprimée si elle avait voulu des lendemains. Elle fut heureuse, elle le fut pleinement. Elle arriva, ainsi qu'elle l'avait souhaité, à éteindre ses rêves sous l'enivrement de l'amour physique. Elle vécut comme vécurent ces amants du passé, si impressionnants d'exaltation charnelle.

Elle arrivait au pavillon, furtive et hardie, un peu avant Hubert, comme ils en étaient convenus. L'attente était délicieuse. Tout autour, le silence des grands bois, avec de jolis éveils frissonnants des feuilles, le mouvement d'une bestiole, le craquement d'une branche vieillie, les jeux balancés de la lumière tombant en coulées de cuivre, d'améthyste, d'émeraude et d'ambre. Enfin, les fers du cheval sonnaient sur la route, Hubert apparaissait entre les fûts d'argent des bouleaux ou les grands corps d'acier bleu des hêtres. Elle le regardait venir, palpitante, mais sans impatience, heureuse de prolonger les minutes de son plaisir. Après un baiser hâtif, il remisait son cheval, puis il la retrouvait presque nue sous le frêle vêtement d'été. Leur ivresse, tout de suite, était prodigieuse.

Dans la première étreinte, c'était l'oubli de tout leur être, une ardente fête où l'univers se concentrait dans leurs caresses, une possession muette, vertigineuse, presque tragique. Une lassitude exquise suivait, où ils se regardaient longuement, ravis de la pâleur passionnée de leurs visages.

Elle restait étendue sur le grand divan, où ils avaient jeté une couverture de soie, et il ne pouvait se rassasier de cette chevelure fauve, palpitante, lumineuse, de la poitrine qui s'enflait encore de volupté et surtout de ces yeux agrandis dans le cerne mauve, des yeux où il lui semblait lire toute la légende humaine, des yeux dont la pupille ne cessait de palpiter doucement et qui variaient ainsi, continuellement, de forme, de grandeur, d'éclat. C'est, quand l'amante est belle, l'heure des découvertes enivrantes. Elle révèle ces mille vies qui sont le mouvement de la grâce, les lignes des attitudes, les nuances neuves de la peau, les expressions imprévues des lèvres et des paupières, elle fait entrevoir dans une femme toutes les femmes dont elle est la descendance... Que les minutes étaient pleines : des siècles de sensations! L'amour ne renouvelle-t-il pas chez les adultes ce miracle de plénitude qu'est la vie des enfants? Et si les vieillards s'acharnent à en retrouver une étincelle, n'est-ce pas que c'est le monde entier qu'ils cherchent dans une possession suprême?

Mais à se pénétrer les yeux de son image frémissante, le désir renaissait, plus langoureux, plus tendre, et l'ivresse qu'ils se donnaient était aussi plus douce et plus lente... Alors la forêt semblait étrangement silencieuse et profonde, la lumière subtile, et les frissons légers des ramures mystérieux.

Parfois, elle devenait un peu craintive; il lui arrivait de se lever et d'aller à la fenêtre. Elle écoutait, confiante dans son ouïe qui était d'une extrême finesse :

— Nous sommes bien seuls! disait-elle.

Plus mal à l'aise aux premières minutes de l'entrevue, il se rassurait à mesure.

— Personne ne peut venir!

Elle haussait les épaules. Au fond, elle en avait pris son parti, sûre d'être indifférente à la médisance qui, seule, pouvait l'atteindre.

— Non, répondait-elle, personne ne peut venir. Je suis tranquille. Mon inquiétude est toute physique... cela ne me déplaît pas...

Elle disait vrai. Ce rien d'angoisse, ce petit frémissement, complétaient l'aventure. Elle avait toujours aimé la peur, pourvu qu'elle ne fût ni forte ni prolongée. Aussi la sauvagerie de l'endroit, la solitude verte qui s'étendait de toutes parts, le sentiment qu'ils étaient deux êtres perdus dans une énergie immense, tout cela la passionnait.

— C'était tellement mon rêve, murmurait-elle, que je me figure quelquefois que nous avons déjà vécu ici...

— L'éternel retour! faisait-il en souriant.

— Qui sait... Quoique, cependant, l'éternel retour n'admette pas le souvenir des vies antérieures!

L'heure du départ arrivait, et, avec elle, une courte mélancolie. Tandis que Geneviève se rhabillait, Hubert sentait un petit froid le pénétrer, avec l'impression qu'elle lui devenait subitement étrangère et qu'ils s'étaient vus pour la dernière fois. Il s'approchait très humble. Ses lèvres se posaient légèrement sur la nuque, sur la chevelure; il balbutiait :

— Oh! jure que tu reviendras...

Elle gardait le silence, heureuse de cette prière et voulant qu'il la répétât. Puis, elle se tournait brusquement, donnait ses lèvres et chuchotait :

— Je le jure!

Elle sortait enfin et disparaissait. Il attendait jusqu'à ce que le trot fût devenu imperceptible, puis il filait par des routes de traverse et arrivait avant Mᵐᵉ de Guermantes à quelque carrefour d'où il ne repartait que lorsqu'il la voyait paraître. Il renouvelait plusieurs fois ce manège, au grand plaisir de Geneviève. Certains jours, ils convenaient de se re_ joindre au Haut-Pré ou à la Fourche de Naufle et faisaient ensemble une partie de la route.

La tendresse d'Hubert était si véridique, si spontanée, que Geneviève s'abandonnait au rêve d'un bonheur durable. Mais il n'était pas en elle de prolonger une telle espérance. Elle se la reprochait comme une faiblesse, une lâcheté qui rendrait la rupture plus terrible.

« J'ai eu l'heure que je demandais, se disait-elle, je l'ai eue brillante et belle, sans déception. Elle doit finir avec mon départ... »

Et elle s'exhortait à garder un souvenir délicieux, frais et jeune de ce qui, prolongé, deviendrait une agonie misérable.

Ainsi, comme d'autres se forcent à l'illusion cette jeune femme se forçait à une affreuse sagesse. Plus endolorie à mesure que l'été approchait de sa fin, elle ne cherchait pas à s'étourdir, elle se plongeait follement dans la sensualité. Maigre, pâle, les yeux immenses

entre les paupières meurtries, elle effrayait souvent Hubert par une passion excessive, par des pâmoisons qui ressemblaient à la mort...

Un soir qu'elle avait dîné chez Moreuil elle était assise sur la terrasse avec Mᵐᵉ de Leuze. Il avait plu. Des nuages en haillons se poursuivaient sur le fond étincelant du ciel; il s'élevait par moment un vent tiède, dont une bouffée apporta des feuilles mortes jusqu'aux pieds des deux femmes :

— L'automne est proche, fit la vieille dame...

Geneviève sursauta. Ses tempes bruirent. Elle ne put retenir un cri de détresse :

— Je voudrais mourir avec l'été!

Mᵐᵉ de Leuze lui mit doucement la main sur le bras :

— Tu te connais mal, ma chérie! Tu renaîtras toujours de tes cendres!...

Geneviève eut un geste de lassitude :

— Je ne me plains pas. J'ai voulu! Mais je n'ai plus de force...

— N'as-tu pas oublié ta douleur ancienne? Tu oublieras encore, et encore! C'est ton destin.

La voix de Solange s'éleva près d'elles, puis s'éloigna :

— Voici une de celles qui n'oublieraient pas! Aussi n'est-elle pas inquiète. Si elle doit être frappée, ce sera par la foudre, elle ne s'en relèvera pas!

— Elle sera pourtant frappée! murmura Geneviève.

— Mais si elle ne s'en aperçoit pas? Car l'inquiétude a deux défauts : elle rend perspicace, et elle nous fait détruire nous-mêmes nos lendemains. Solange est aveugle. Elle sera heureuse.

— Oui, dit rêveusement Mᵐᵉ de Guermantes, c'est bien cela. Dupes ou malheureuses : c'est tout notre destin.

— Solange ne sera pas dupe! dit vivement Mᵐᵉ de Leuze. Même trompée et inconsciente, celui qui la tromperait n'aurait pour elle qu'un respect infini...

— Ce respect-là, s'écria la jeune femme... ah! j'aimerais mieux la pire insulte!

— Je ne crois pas non plus que Solange

s'en contenterait !... Mais personne ne la mépriserait d'être ignorante. Donc elle ne serait pas dupe. Les faibles sont dupes, ou les clairvoyantes.

— Tous ceux qui sont trompés sont dupes ! Qu'ils soient forts ou faibles, leur situation a quelque chose de révoltant. J'aime mieux mon inquiétude !

Elles gardèrent un moment le silence. Puis Mme de Leuze reprit :

— Oui, tu aimes mieux ton inquiétude. Et c'est ton sort que tu prononces. Geneviève de Grimont ira de rêve en rêve...

Une sorte de satisfaction perçait sous ses paroles. Geneviève le remarqua :

— On dirait que vous m'en félicitez !

Mme de Leuze hésita, presque troublée. Elle répondit d'une voix blanche :

— J'en tire une consolation pour toi... pour ton avenir.

— Alors, vous condamnez le présent !

— C'est toi qui le condamnes, ma chérie...

— Est-ce à dire qu'il dépend de moi seule ?

Mme de Leuze hésita encore. Puis, elle dit, évasive :

— Je ne crois pas !

Geneviève laissa tomber sa tête sur sa poitrine. Accablée, elle ne vit dans la réponse de Mme de Leuze qu'une confirmation de son pessimisme. Celle-ci, désireuse de laisser la jeune femme sous cette impression, se leva, prétextant des ordres à donner.

Mme de Guermantes vécut alors quelques-unes des pires minutes de son existence. Son cœur tour à tour s'éveillait avec des chocs affreux, ou semblait se rapetisser dans sa poitrine, devenir quelque chose d'infime, d'insaisissable ; et ce malheur sans cause extérieure, ce drame qu'aucun événement ne justifiait, était pire que les plus abominables infortunes...

Des deux sortes d'événements qui composent la vie, c'est après tout les événements qui sont en nous qui l'emportent en nombre et, le plus souvent, en importance, sur les événements extérieurs. C'est pour cela que les chiromanciennes pourront un jour prédire vraiment une part de l'avenir, si quelques-unes n'y sont déjà confusément parvenues. En nous interrogeant avec soin, nous découvrons presque toujours à quel point nous avons été la cause de misères ou de joies que nous attribuons au hasard. Non pas par notre volonté, certes ! Celle-ci est le plus décevant des guides. Nous passons notre temps à être trompés par elle. Comme la raison, la volonté n'est qu'une petite boussole soumise au moindre courant, mais c'est de l'inconscient, du machinal de notre personne, que jaillissent les actes importants qui déterminent le sort...

Après la conversation avec Chaudey, Mme de Guermantes eut un moment de calme. Elle crut que la belle insouciance du début était revenue. Joyeuse, elle s'abandonnait à l'aventure comme un baigneur à l'eau tiède d'une belle mer d'été.

Cela ne dura guère. Peu à peu, comme un vol d'oiseaux rauques, les défiances renaquirent. Elle revint à sa monomanie, car nous sommes tous pareils aux fous par la répétition, par l'obsession de certaines craintes, et neuf fois sur dix nous agissons comme eux, avec un peu moins de virulence et des gestes plus mesurés.

Elle dormait mal, et l'insomnie augmentait sa fièvre soupçonneuse. Que d'heures passées dans l'ombre à tourner toujours les mêmes petits problèmes... avec la sensation continue d'une rupture proche, d'un cruel départ vers l'inconnu... Elle se levait, elle allait ouvrir sa fenêtre. Une nuit d'astres s'étendait sur le plateau. Les végétaux faisaient entendre leurs mille voix, et l'on eût dit que partout des êtres fluides se perdaient dans les pénombres, se mêlaient aux eaux, reparaissaient sur les herbes claires. Elle respirait avidement l'air vivace, la fine essence des végétaux, et c'était une minute d'apaisement... Un choc ! quelque bête intérieure semblait mordre. Et le malheur planait sur la masse noire des arbres, sur la plage étincelante des étoiles...

Hubert recevait le contre-coup des émotions de sa maîtresse. Il souffrait amèrement. D'abord il avait voulu lutter, il avait cru pouvoir apaiser la pauvre femme à force de tendresse. Mais on ne l'écoutait pas ; et il finissait par demeurer silencieux, accablé du sentiment de son impuissance.

Un jour elle ne vint pas au rendez-vous. Il attendit une heure, affolé, puis se précipita chez Grimont. Geneviève était seule, étendue sur un grand fauteuil d'osier, près de la fontaine au léopard. Elle avait pleuré. Ses yeux étaient meurtris ; sa bouche violette ; sur tout son être, quelque chose de funèbre et d'anéanti effraya le jeune homme :

— Je n'ai pu venir, dit-elle... je suis sans force !

Il la regardait, plein de navrement, de compassion et d'amour :

— Ah ! Geneviève, fit-il d'une voix faible... aie pitié de toi-même !...

— Si tu m'aimais, murmura-t-elle amèrement... tu me demanderais d'avoir pitié *de toi*... Ceux qui aiment ne souffrent pas des souffrances qu'ils font naître...

VI

Un vent frais soufflait sur le parc ; les feuilles mortes, comme de petits êtres roussâtres, dansaient sur la pelouse et sur les sentes, ou se jetaient sur l'eau glauque des bassins. Moreuil, Solange, Guillaume de Leuze et Hubert regardaient par les grandes baies de la véranda. Le comte montrait une figure joyeuse. Tout lui réussissait cette année : sa fortune s'était accrue par le legs de Nauteuil, par la vente fructueuse, à une Compagnie minière, du domaine qu'il avait dans le Nord, et le beau mariage de Solange lui ôtait tout souci d'avenir.

Il dit avec un rire :

— Bientôt la chasse va reprendre !

Il vivait déjà les longues courses sous la futaie ou sur la plaine, ses luttes de sauvage contre la ruse des bêtes, les bonnes fatigues suivies de repas solides où tout le corps semble renaître.

— Je crois vraiment, reprit-il, que notre civilisation est une sorte de maladie de l'humanité... un cancer, un chancre qui la ronge... Comme les malades elle a une certaine finesse... mais une finesse rachitique... une intelligence de bossu... Nous en mourrons, ou nous retournerons à ces formes de sociétés saines qu'étaient le moyen âge ou la Rome d'avant les Grecs...

— Je pense aussi que nous sommes malades, riposta Guillaume... mais c'est une maladie de croissance. L'homme blanc est un adolescent qui a poussé trop vite. Il a mal aux articulations et, d'autre part, il est enclin au gâchage, comme tous les malades de cette sorte : il gâche la création, il abuse de la planète. Nous en reviendrons...

— Dieu vous entende ! s'écria Moreuil. Car nous passons un hideux moment !

Il n'y paraissait pas pour lui. Ses yeux pers luisaient d'un feu de victoire, et une allégresse pareille éclairait le beau visage de Solange.

— Le facteur !

L'homme montait lentement vers le château. Il portait une blouse bleue, une casquette d'uniforme, et ses jambes arquées mouvaient des pieds longs d'un demi-mètre. Il s'arrêta près du perron et remit sans hâte les journaux, la correspondance, une revue. Hubert tressaillit lorsque Solange lui tendit une lettre. Il n'en recevait guère. Il regarda celle-ci avec une inquiétude qui redoubla lorsqu'il en eut reconnu l'écriture, puis, pendant que Moreuil faisait sauter des bandes, il s'esquiva. Arrivé dans sa chambre, il ne lut pas tout de suite. Son cœur grondait comme un torrent. Il se décida enfin, il déchira l'enveloppe ; ses pupilles se dilatèrent.

Il y avait à peine quelques lignes :

« Mon chéri, pardonne-moi, je fuis. J'aurais dû fuir plus tôt, nous aurions tous deux gardé un plus beau souvenir. Maintenant, il y a de la souffrance entre nous. Ne cherche pas à me revoir, ce ne serait un bonheur ni pour l'un ni pour l'autre... Je t'aime... je t'aime tant que je ne me souviens plus d'avoir aimé auparavant. Mais l'amour ne peut finir qu'en supplice... Avant que ce supplice devienne insupportable, brisons tout. Va ! nous aurons eu tout de même de beaux jours. Adieu, je t'aime... je t'aime, chéri !

« GENEVIÈVE. »

Il poussa un cri de rage et d'horreur. Les murs vacillaient autour de lui ; il se retonait d'un poing crispé à la crémone de la fenêtre. Il demeura quelques minutes haletant, comme un cerf forcé par les chiens... Puis, un bourdonnement emplit sa tête et une seule idée le posséda tout entier : la rejoindre, la reprendre ou mourir avec elle.

Quelques heures plus tard, il prenait le train de Paris suivi par le bon Chaudey qui, cependant, considérait la poursuite comme inutile. Aucune de leurs démarches n'aboutit. Ils traversèrent l'Italie et poussèrent même jusqu'à Constantinople, sans trouver aucune trace positive de Mme de Guermantes.

Alors, l'âme lasse et endolorie, Hubert revint a Paris. Il y vécut dans une tristesse sinistre. Plus d'une fois, l'œil fixé sur les spires des lueurs qui se perdaient dans la Seine, il pensa au délice de ne plus souffrir, de s'éteindre, d'être insensible et froid comme l'eau qui coule. Le monde lui parut vide et sans signification; un seul être pouvait l'animer et le faire resplendir. Un soir, il se pencha sur le parapet ; un délicieux vertige pénétra son être, il glissa. L'image de Chaudey le retint. Il lui fut odieux de jeter au désespoir cet excellent homme. C'était une trahison... Et s'arrachant à la tentation, il se mit en marche par les rues silencieuses. Il marcha jusqu'au matin, il essaya d'épuiser son corps par la fatigue, et quand il rentra chez lui, il avait les jambes roides, les reins douloureux, mais sa peine n'avait pas décru...

EPILOGUE

I

Clotilde descendit de cheval, près de la hutte du bûcheron. Les enfants aux cheveux d'étoupe, la femme au menton barbu l'avaient vue venir et riaient d'aise. La misère avait disparu de l'abri sauvage, et sur tout ce petit monde il y avait une exubérance semblable à celle qui multipliait les feuilles tendres et les corolles fragiles. L'homme travaillait aux futaies prochaines, la femme cultivait des légumes, multipliait ses poules et ses lapins; le cochon rôdaillait autour des arbres, gros, joyeux, avec de belles soies reluisantes. C'était, en son genre, un aimable compa-

gnon, folâtre comme un chien, mais la voix rude des danois troubla sa sécurité : il s'enfúit avec des grognements éperdus.

La femme aux fortes épaules et à la barbe rousse bavardait sans tarir. Elle n'avait pas cette méfiance des pauvres qui cachent leurs chances devant le prochain. Elle chantait la gloire de son petit potager, les exploits de ses volatiles et la santé robuste du cochon. Et elle n'acceptait plus de secours, rien qu'un peu de sucre, de galette et de brioche pour les enfants. En revanche, elle vendait au château ses œufs et quelques poulets.

Clotilde écoutait la brave femme avec indulgence :

— Alors, vous ne souhaitez rien?

La bûcheronne roula ses gros yeux de génisse. Puis, d'un ton embarrassé :

— Ben, j'voulions un cochon, et le v'là qui pousse. Pis, j'voulions une vache, et v'là que j'en ons presque le prix. Alle sera ici avant quasiment un mois... Alors, dam ! y a pu qu'une seule chose qui me ferait un plaisir... mais là un gros plaisir.

Elle baissa les paupières d'un air pudique et même ses joues tannées trouvèrent moyen de rougir :

— Et qu'est-ce qui vous ferait tant de plaisir ? demanda doucement la jeune fille.

— C'est que j'ose pas ben le dire, mam'zelle !... Ça me tient depuis des années, et dam ! j'oserais jamais le quérir !...

— Dites toujours !...

— Vous êtes si bonne, vous ne rirez pas ?

— Pas du tout !...

— Ben ! j'voudrions avant de mourir un cor de chasse... et pis apprend' à souffler dedans !... Ç'a été mon idée depuis ma jeunesse.

Clotilde ne put s'empêcher de sourire :

— Vous aurez un cor de chasse et nos piqueurs vous donneront des leçons en passant !

La femme joignit les mains et demeura muette d'émotion. Puis, elle s'écria d'un ton de regret et de convoitise :

— Mam'zelle... ça serait trop beau !...

— Vous l'aurez cependant !... Et je ne veux pas que vous me le refusiez !

— Ah ! bon Guieu de bon Guieu ! cria la bûcheronne... j'va-t-y être heureuse !

Et sa bouche, arrondie en cul de poule, semblait déjà souffler une fanfare au seuil des bois profonds, à l'heure où les bûcherons et les charbonniers reviennent à pas lents vers les demeures de boue, de bois et de chaume.

Clotilde s'en allait, au petit trot de son cheval, à travers. la forêt neuve, où la vie jaillissait aussi naïve, impétueuse et guerrière que si elle sortait toute fraîche du néant. Un ruisseau bouillonnait entre des aulnes, des frênes et des ormes ; les insectes s'élevaient comme de petites dentelles versicolores, des soieries bleues, des velours rouges, des émeraudes palpitantes. La fontaine de Jouvence coulait à pleins bords dans les vitrages du ciel, dans la tisserie des ramures, dans la bouche claire des muguets, dans les veines des passereaux jacasseurs et des larves taciturnes. Et Clotilde vint près de la Croix-de-Boutan sur le bord de la fine rivière aux ombres chevaliers :

— Arrêtons-nous ! dit-elle à Suzanne.

Elle alla s'asseoir sur la berge caillouteuse ; son rêve suivit le fil de l'eau. Il y avait dans toute son âme, une douceur chagrine, un grand ennui nostalgique. Ces bois ombrageux, où son bonheur avait crû jadis ainsi qu'une herbe vigoureuse, la faisaient soupirer. La nature était vide. Il y manquait un rythme secret, une raison de vivre, et parmi les blocs parés de mousse fraîche, de lichens barbus, volontiers l'exquise fille eût mêlé ses larmes aux sanglots de la petite rivière...

Elle devint un peu pâle et ses mains frémirent. Du fond de sa mémoire, ce même endroit où elle était assise, jaillissait couvert d'une ombre bleue. Elle entendait une voix ardente et mélancolique qui parlait d'amour. Quel effroi mystérieux avait glacé toute son âme ! Libre la veille, pour avoir entendu deux mots, c'était l'inquiétude, la guerre, et une pitié qui l'empêchait de s'endormir le soir. Depuis, le bonheur n'était plus revenu. Sans amour elle-même, l'idée de l'amour de cet homme l'avait asservie... Il était parti cependant, pour la délivrer. Elle n'en était que plus esclave. Et rien ne pourrait la guérir que l'amour lui-même... Elle l'appelait. Si elle pouvait découvrir au fond de son âme qu'elle allait aimer, ces forêts reprendraient leur figure magnifique, mais chose singulière, c'est Hubert qu'elle voulait aimer, et nul autre. A force de songer à lui, il lui était devenu plus familier qu'aucune créature. Elle devinait tout son être ; elle savait qu'elle n'en trouverait pas de meilleur ; elle lui aurait remis son âme comme une mystique entre les mains de Dieu :

« Il faut l'aimer ! » se disait-elle.

C'était sa prière du matin et du soir. Elle avait hâte ; elle frémissait d'épouvante à la pensée qu'il se jetterait dans une aventure où elle le perdrait. Chaque jour, elle avait envie de lui écrire, de lui défendre d'épouser une autre femme, de lui dire d'attendre et qu'elle finirait par venir à lui. Puis, elle prenait peur. Les scrupules la dévoraient. Elle songeait qu'il serait amer de lui donner une épouse sans amour... et pouvait-elle répondre de n'être pas cette épouse ?

Assise parmi les vernes, elle s'abandonnait mollement à son chagrin. Les chiens se ruaient contre les vaguelettes, Suzanne rôdait sous les chênes, et Clotilde eut comme une pâmoison. Quelque temps sa tête resta penchée sur sa poitrine, sans pensée ; son cœur roulait sourdement. Quand elle se ranima, elle se sentit un grand trouble et un attendrissement profond. Alors, l'image d'Hubert apparut comme dans un rêve, étrangement brillante et jeune :

« Il est beau ! songeait-elle.

Ces mots repassèrent en elle, fantastiquement. Elle y prenait plaisir. Elle leur trouvait une harmonie charmante. Et il y eut à travers les pénombres quelque chose de joyeux, de chaud, de léger, qui lui rappelait la féerie des jours d'antan...

Elle s'en revenait presque gaie, dans les ombres tournantes de l'après-midi, lorsqu'elle aperçut sa mère sur les confins du parc et de la forêt. Mme de Leuze était crispée et chagrine. Son artificieuse activité se trouvait aussi vaine, aussi impuissante que la force d'un athlète sous le poids d'un rocher. Elle se rongeait furieusement, et ne trouvait rien à dire, rien à faire. Mais jamais encore elle n'avait été plus nerveuse qu'à ce moment où sa fille l'aperçut sur la route.

Elle fit un effort pour sourire quand Clotilde arrêta son cheval :

— Tu as fait une bonne promenade ?

— Plutôt...

La jeune fille confia sa monture à Suzanne et marcha côte à côte avec la baronne. Elles allèrent quelque temps en silence.

Enfin Mme de Leuze parla :

— J'ai des nouvelles de Paris.

Clotilde eut une petite crispation involontaire :

— Ah !...

— Cela ne t'intéresse pas ?

— Si. Cela m'intéresse beaucoup.

— Serais-tu contente de *le* savoir fiancé ?

Clotilde ne répondit pas. Une émotion singulière précipitait son souffle.

— Eh bien ? reprit la vieille femme.

— Je l'ignore, ma mère.

— Comment, tu l'ignores ? Mais il me semble cependant que tu n'avais pas d'autre désir ?

— Et son bonheur ?

— Son bonheur ! Rien ne prouve qu'il ne soit pas de ces gens pour qui le bonheur ne peut exister... Il te suffirait, je suppose, qu'il en aime une autre...

Clotilde pâlit et cette fois garda le silence. Inquiète, Mme de Leuze la considéra attentivement :

— Je t'en prie ! dit-elle avec douceur...

— Eh bien non ! répondit Clotilde à voix basse... je ne serais pas contente !...

Une sorte d'angoisse parut dans les yeux de la mère. Elle serra avec force le bras de la jeune fille :

— Il fallait me dire cela plus tôt !...

— Je ne le savais pas moi-même !

Elles s'étaient arrêtées. La vieille dame montrait un visage creusé mais énergique, plein de volonté combattive. Elle tira une lettre de sa poche :

— Tiens... lis et décide... Quoi que tu fasses maintenant, que tu agisses ou que tu t'abstiennes, ta destinée entière dépend de ta résolution... Encore est-il peut-être trop tard !

Clotilde prit la lettre. Elle était de Chaudey, assez brève ; elle annonçait les fiançailles prochaines d'Hubert, et, en termes pressants, demandait s'il fallait laisser faire. Clotilde demeura immobile, atterrée et serrant convulsivement le papier.

— Que faut-il faire ? demanda Mme de Leuze.

— S'il l'aime ? dit faiblement Clotilde...

— Il ne l'aime pas ! s'écria passionnément la mère... Quand je t'ai éloignée, il pouvait encore en aimer une autre, maintenant non... Ne t'occupe que de toi... Que veux-tu ? Crois-tu pouvoir te résigner à le perdre ?

Elle dit bien bas :

— Je voudrais ne pas le perdre !

— Tu l'aimes donc ?

— Je n'oserais pas dire cela... Mais auparavant j'aurais voulu qu'il ne m'aimât point...

Elle n'acheva pas. Ses lèvres frémissaient ; une douceur inquiète apparaissait dans son regard.

— Ce n'est pas assez pour prendre une résolution définitive ! s'écria la mère.

Impatiente de lutte, elle creusait la terre du bout de son pied, elle arrachait nerveusement les feuilles d'un surgeon. Une minute, l'indécision la tourmenta, puis ses traits s'éclairèrent, la volonté dilata ses yeux et ses tempes ; elle dit :

— C'est moi qui agirai... et tu pourras réfléchir encore... je ne t'engagerai pas !

Un quart d'heure plus tard elle se faisait conduire à Château-Ferrand. Elle arriva une demi-heure avant la fermeture du télégraphe. Elle avait le temps de lancer une dépêche, mais il fallait attendre pour la réponse au lendemain matin. Elle télégraphia :

« Il ne faut prendre aucun engagement avant quelque temps. Il y a espérance ici. Lettre suit. Donner réponse immédiate. »

La dépêche expédiée, Mme de Leuze écrivit une lettre courte mais précise, où, comme elle l'avait dit, elle n'engageait pas Clotilde ; puis ayant fait tout ce qui était possible et nécessaire, elle reprit le chemin des Aulnes. Elle restait inquiète et ne put cacher son inquiétude à Clotilde. Toutes deux ne dormirent pas de la nuit. Le télégramme qui leur parvint le lendemain matin redoubla leur malaise. Chaudey disait :

« Je n'ai pu voir Hubert depuis hier. Je télégraphierai dès que je lui aurai parlé. »

— Voilà bien l'éternel cache-cache de la destinée, s'écria rageusement Mme de Leuze...

Clotilde la regardait avec angoisse. Cette chose nouvelle, qui l'avait surprise la veille, grandissait dans la lassitude et la fièvre. Et c'était, malgré tout, une douceur étrange, une étincelante renaissance!

— Tu souffres? demanda la baronne.

Clotilde répondit oui, d'un mouvement lent de la tête. Et la vieille femme avec une sorte de fureur tragique se préparait à la lutte: aucune barrière sociale, aucun scrupule ne tenaient devant le bonheur de sa fille.

II

Chaudey avait en vain recours à ses excellents cigares: il ne trouvait pas en eux le calme qu'ils lui dispensaient à l'ordinaire. Après une nuit fatigante, où le télégramme de Mme de Leuze tantôt tracassait ses insomnies et tantôt présidait à ses cauchemars, il avait senti son trouble redoubler par l'arrivée d'une lettre et par l'absence d'Hubert. La lettre l'agitait d'une espérance aiguë... mais aussi de la plus vive méfiance. On y avait laissé entrevoir des métamorphoses, mais on ne voulait rien promettre et, à vrai dire, on demandait à échanger une vague promesse contre des engagements positifs. Le bon Chaudey soupirait après ses bois, ses prés, ses étangs et la vieille demeure où tout était selon ses préférences: quelle joie d'y retourner et de fixer auprès de lui deux êtres qui lui fermeraient les yeux quand il aurait fini son pèlerinage!

Mais quoi, tant de déconvenues déjà étaient sorties de ces Aulnes, qui lui inspiraient une crainte superstitieuse!

— Serait-ce la fin vraiment? se disait-il... Cette charmante fille aura-t-elle compris où est le bonheur?

Il s'impatientait aussi à ne pas voir paraître Hubert. C'est lui-même pourtant qui l'avait envoyé chez les Vernal, dont la fille montrait une vive inclination pour le jeune homme. Sauvaize semblait hésiter depuis quelques jours. S'il s'était décidé brusquement, au cours d'une visite? Combien ont ainsi engagé leur vie sur un pari.

Vers minuit, le bonhomme tira sa montre et murmura:

— Je lui laisse dix minutes!...

Au bout de dix minutes il en attendit dix autres, puis dix encore. La demie sonna à quelque tour prochaine: Chaudey remit au valet de chambre un billet pour Hubert et se fit conduire avenue de Messine.

Là habitait une demi-mondaine, Gilberte de Meung, auprès de qui Hubert avait cherché vainement quelques consolations. Chaudey trouva la féerique Gilberte qui venait de rentrer, pâle et lasse, et il se mit à balbutier des paroles vagues.

Elle ne le laissa pas s'empêtrer:

— Vous venez pour M. de Sauvaize, dit-elle doucement... je l'ai vu tantôt!...

Observatrice, comme beaucoup de ses pareilles, elle devinait une âme excellente derrière ces yeux jaunes et ce visage roux:

— Ne soyez pas inquiet, reprit-elle... Je pense qu'il doit être chez lui maintenant.

Puis, sans transition:

— Vous devez l'aimer...

Le bon Chaudey répondit rondement:

— Plus que tout au monde!

Elle le considéra avec sympathie, soupira et, entraînée par une de ces impulsions qui nous font dire à tels êtres inconnus ce que nous cacherions à nos intimes:

— Je fuis pour ne pas l'aimer!...

Comme il la regardait, mélancolique, elle ajouta:

— Oh! je fuis à temps... Je ne souffrirai pas... J'espère lui laisser un bon souvenir... Et je pense qu'il m'aura porté bonheur.

Elle lui parut plus charmante, pour n'avoir passé dans la vie d'Hubert que comme une fugitive image de beauté. Et il dit attendri:

— Oui, il vous aura porté bonheur!

Il s'en revint plus calme, rêvant confusément, mais sans envie, que s'il avait été quelques jours le caprice d'une Gilberte de Meung, sa vie entière en aurait été parfumée. Et il philosophait presque en montant son escalier. Hubert l'attendait las de volupté et d'ennui:

— Il y a des nouvelles? demanda-t-il.

— Il y a des nouvelles!

Quelques mois auparavant Hubert eût

bondi d'espérance. Mais une déception si longue l'avait fait entrer dans cette période de la vie où les nouvelles sont aussi redoutées qu'elles sont avidement accueillies dans la première. Comme l'homme de Schopenhauer, il redoutait les « coups de sonnette ».

Défiant lui-même, Chaudey reprit sans enthousiasme :

— Madame de Leuze désire que vous ne vous fianciez pas *maintenant*.

Cette fois, Hubert pâlit un peu. Comme il restait sans répondre, Chaudey s'inquiéta :

— Vous ne vous êtes pas fiancé, au moins.

— Non... Justement, j'allais vous parler à ce sujet...

— Il faut tout différer... ne voir personne... ou mieux, quitter quelque temps Paris.

— Mon Dieu! fit Hubert d'un ton morne, cela m'est tellement égal... Emmenez-moi où vous voudrez, mon ami.

— Alors, vous n'avez aucune espérance?

— Est-ce qu'on nous en donne?

Chaudey tendit, en silence, la lettre de Mme de Leuze. Hubert la lut à plusieurs reprises, cherchant le sens latent des phrases :

— Eh mon Dieu! fit-il doucement... on ne saurait être plus vague et se mieux garder à carreau. Je reconnais... ma vieille amie.

— Mme de Leuze est perspicace. Si elle agit, ce n'est assurément pas sans raison.

— Je le crois comme vous... Mais elle est plus tortueuse que perspicace. Elle m'a déçu par chacun de ses actes. Je me méfie. Elle tire plus de ficelles qu'il n'y a de marionnettes dans son jeu. Elle a sans doute trouvé quelque combinaison pour mieux apaiser les scrupules de Clotilde, et après nous avoir écrit de différer, elle va nous envoyer le conseil de conclure, sans nous laisser rien deviner de ce qui s'est passé dans l'intervalle. Non, non, mon père, je ne me forgerai pas d'espérances sur quelques lignes de Mme de Leuze!

Il reprit la lettre et la relut si lentement qu'on eût dit qu'il déchiffrait quelque hiéroglyphe. Puis, la déposant d'un air découragé :

— Quelle chance vraiment nouvelle pourrait s'être produite?

— Mais, fit le hobereau interloqué, le cœur de Clotilde...

— Une folie! Elle ne m'aimait pas présent...

au nom de quoi m'aimerait-elle absent?

— C'est une jeune fille... elle n'aimait pas... mais du jour où la femme s'éveillera en elle, pourquoi ne seriez-vous pas celui à qui elle pensera tout d'abord?

— Non! Elle se l'imaginerait. Mais le fait qu'elle m'a repoussé se tournera toujours contre moi... J'ai peur plutôt que mes scrupules ne l'abusent. Et rien ne serait triste comme une telle illusion...

— Mais enfin, il vous importe peu d'attendre?

— Faites de moi ce que vous voulez, sauf de me ramener à présent aux Aulnes ou à Chaudey! Loin d'elle, ma souffrance est encore supportable. Près d'elle, j'aurais envie, vingt heures sur vingt-quatre, de me loger du plomb dans la tête!... Est-ce que cela vous déplairait de voyager un peu hors d'Europe?

— Oui, cela m'inquiéterait pour vous, dit gravement Chaudey. Admettons que ce soit une nouvelle épreuve, eh bien! mon avis est qu'il faut la subir...

— C'est juste. Alors, j'en reviens à ce que j'ai dit : faites de moi ce que vous voulez. Aussi bien la force de prendre une décision me manque. J'aime mieux être irresponsable... Considérez-moi comme un enfant...

— Soit! répartit doucement Chaudey... nous partirons donc demain...

Il alla prendre un guide, y jeta un coup d'œil rapide et dit :

— Nous serons dans vingt-quatre heures en route pour la Touraine...

Pendant que le hobereau écrivait un télégramme et un billet pour Mme de Leuze, Hubert essayait de lire les journaux. Mais ses yeux erraient parmi les rubriques, comme un voyageur égaré sur des routes nocturnes. Des souvenirs navrants et délicieux gonflaient sa poitrine, et quand Chaudey, ayant expédié ses messages, lui demanda :

— Nous allons déjeuner?

Il le regarda avec un mélange de confusion et de prière :

— Mon ami, dit-il, je voudrais...

Il hésitait, il cherchait ses mots, puis prenant son parti :

— Je voudrais m'arrêter une nuit à Chaudey... une seule... sans voir personne...

— Et passer devant les Aulnes! fit le gros

homme, touché... Oui, oui, nous passerons par Chaudey...

Et tandis qu'il s'émouvait à l'idée de voir le reverdis dans ses grands bois et ses clairs pâturages, Hubert rêvait un triste, un tendre, un long adieu à cette terre de sa souffrance et de son amour. Ah ! il n'avait pas la force de la maudire ! S'il y avait connu la plus amère désillusion, de quels miracles elle avait rempli une seule année de sa vie ! Et quand il faudrait mourir demain, l'existence valait d'avoir été vécue où passèrent Clotilde et la délicieuse maîtresse qui avait fui le bonheur !...

III

— Voici la clef ! fit doucement Chaudey...

Il tendait à Hubert la clef du parc des Aulnes. Le jeune homme prit le petit morceau de fer brillant et lui jeta un coup d'œil attendri. Il demanda :

— Moreuil n'en parlera à personne ?...

Chaudey toussota et répondit vivement :

— Non, Moreuil n'en parlera pas.

L'après-midi s'avançait sur les forêts soupirantes. Au bord du lac, déjà les peupliers, comme des gnomons géants, jetaient des ombres interminables. Hubert bondit en elles sur le cheval que lui tenait un valet d'écurie et partit pour son pèlerinage. Car il voulait revoir tous les endroits où il avait rêvé, aimé et souffert sur cette terre plus riche pour lui en souvenirs que Samarie et Jérusalem pour les Hébreux captifs. Il passa d'abord par Haut-Pré, où il avait si violemment disputé la course à Robert de Montaigle, puis dans cette futaie profonde où il avait tiré Clotilde des mains du fou, puis enfin, à la Croix-de-Boutan. La rivière y coulait vivement, avec son bruit de mélopée sur les pierres, et Hubert pensa que peut-être, s'il n'avait pas parlé là, à Clotilde, sa destinée aurait été autre. Il revit le visage effrayé de la jeune fille, il entendit sa voix qui le suppliait de ne pas dire le mot qui détruit la liberté entre deux êtres.

Et tout triste, il continua sa route dans le crépuscule commençant jusqu'à ce qu'il vit le plateau de la Houdinière. Ild escendit de cheval, et passant sous l'abiès colosse, puis dans le petit bois de chênes, il atteignit cette maison et ce jardin où Mᵐᵉ de Guermantes lui avait fait croire au bonheur. Son cœur se déchira ; de grandes larmes emplirent ses yeux. Qu'elle avait été bonne et tendre et charmante ! Elle seule pouvait le consoler de n'avoir pas eu Clotilde. Sans doute, un regret lui fût resté, au tréfonds, mais enfin, c'était la vie belle, abondante, lumineuse... Elle n'avait pas eu la foi, elle avait fui... et toute la misère était revenue !...

Il regarda longtemps, dans la lumière rouge, la demeure close, le jardin où la vie repoussait étincelante, puis, franchissant la clôture, il alla prendre quelques muguets près du bassin au léopard et reprit la route des bois.

La nuit s'avançait parmi les nuées cuivreuses. Les passereaux s'endormaient, las d'amour et de soleil ; Sauvaize sentait son âme se mêler au frémissement sauvage des forêts. Il chevauchait sur cette route de Cyrane où il avait connu des espérances qui, après avoir reverdi au cœur de milliards d'hommes, restent aussi fabuleuses que dans le siècle du Cantique des Cantiques. La lune monta, géante, parmi les arbres innombrables ; le pavillon apparut dans une lueur de cendre rose.

Il s'arrêta longtemps dans la chambre où demeurait un peu de parfum de Geneviève. Par la fenêtre ouverte, il regardait la lune s'élever au-dessus des plus hautes cimes et pénétrer toute la forêt de son âme lumineuse. Il se demandait s'il n'avait pas eu quelque tort envers l'exquise femme, qu'il avait aimée dans cette solitude. Peut-être, plus éloquent, aurait-il pu la retenir ? Mais non, il l'avait sincèrement aimée, il avait bien tout fait pour ne pas la perdre. Et il portait à ses lèvres les muguets qu'il avait cueillis à la Houdinière, tandis qu'une mélancolie plus douce descendait de son âme. L'heure passa. Une mer d'argent fluide roulait sur les feuillages. Hubert donna à la chambre un dernier regard, tendre comme un baiser, ferma les contrevents, puis la porte et repartit pour la dernière station de son pèlerinage.

A mesure qu'il approchait des Aulnes, son cœur battait plus vite. Lorsque le parc succéda à la forêt, il fut pris d'une sorte d'épouvante et resta longtemps avant de se résoudre à y entrer.

Tirant enfin la clef de sa poche, il ouvrit la porte de fer, attacha son cheval près d'une allée et gravit, à pas lents, la pente douce. Le silence était profond. A peine, de-ci de-là, un craquement de branche, une fuite légère de bestiole. La brise s'était endormie; toute l'atmosphère reposait aussi immobile qu'un cristal. Il parvint jusqu'auprès de la grande pelouse et regarda. Sur la masse bleuâtre du château, la lune versait un lac de lueurs qui, se réfléchissant aux vitres, jetaient de longs éclairs argentins. On apercevait les pièces d'eau, la cabane des cygnes, les parterres à qui la lumière discrète donnait des tons fanés, et chaque aspect des choses versait un souvenir nouveau à l'esprit troublé du jeune homme. Quelques lueurs de veilleuses apparaissaient aux vitres.

— Adieu! fit doucement Hubert.

Il arracha un peu de cette herbe sacrée sur laquelle avait marché Clotilde et redescendit dans le parc. Une lassitude étrange le saisit, quand il parvint à la clairière de la fontaine tarie. C'est ici qu'il avait compris dans leur plénitude la beauté et la séduction de la jeune fille et que toute la joie du monde tenait en elle! Il pouvait rêver alors, s'emplir d'espérances prodigieuses... Maintenant son armée d'illusions était dispersée, ses songes gisaient sanglants sur le chemin de la vie, et rien ne le consolerait jamais plus...

— Jamais plus! jamais plus!

Il s'agenouilla sur la terre, sa tête s'inclina contre la fontaine et une immense envie de mourir l'envahit. Puis ce fut presque une pâmoison. Ses pensées s'arrêtèrent; son cœur battait à peine, et il resta ainsi quelque temps, délivré de la misère de vivre.

Quand il se releva la lune plongeait plus haut dans la clairière. Il entendit l'herbe siffler, et, se retournant, il poussa un grand cri. Clotilde s'avançait parmi les hêtres.

Elle était pâle et nerveuse avec, dans le regard, une tendre timidité, qu'il ne lui connaissait pas et qui parfaisait sa grâce magnifique :

— M. de Moreuil m'a donc trahi? dit-il d'une voix éteinte...

Elle inclina lentement la tête, en signe de dénégation.

— Non, c'est ma mère qui m'a dit que vous étiez ici... Elle savait que je *devais* venir vous y rejoindre.

Il l'écoutait, frémissant, tout son être roidi contre l'espérance et contre le désespoir.

— Pourquoi deviez-vous venir me rejoindre ? balbutia-t-il.

— Parce que tout doit finir, dit-elle... C'est maintenant que nous allons décider de notre vie. Je désire être votre femme.

Il la regarda d'un air égaré, puis un tremblement agita ses épaules ; il répondit :

— Je ne veux pas que vous soyez malheureuse.

Elle baissa la tête et ferma les yeux. Un grand rai blanc l'enveloppait à droite, tirant des étincelles pâles de sa chevelure et donnant à sa robe claire des reflets de perle. A gauche, son ombre s'étalait sur la mousse. Quand elle releva les paupières, elle grelottait ; une fièvre douce luisait dans ses prunelles dilatées :

— Je ne serai pas malheureuse !

Un frisson de tempête secoua Hubert. Tout le passé déferla ainsi qu'une vague immense, il vit dans un brouillard la tête éblouissante de Clotilde, sa robe embaumée et il cria d'une voix rauque:

— Prenez garde! j'étais résigné. J'allais fuir à jamais et je n'étais venu ici que pour un dernier et silencieux adieu... Ne me promettez rien si vous ne m'aimez pas!...

Elle répondit avec fermeté :

— Je vous aime !

Mais lui, incertain encore, et luttant sauvagement contre son espérance :

— C'est impossible !... Pourquoi m'auriez-vous aimé absent, lorsque ma présence vous était indifférente ?

Il s'était incliné devant elle et, d'en bas, peureux et farouche, il la regardait. Elle dit tendrement :

— Je ne sais pas !... Tout ce qui me faisait souffrir m'est doux à présent ! Je me sens heureuse de n'être plus libre, heureuse de passer ma vie avec vous, et l'idée que je ne vous aurais pas connu m'est insupportable

— Clotilde, s'écria-t-il d'une voix brisé

est-ce vrai... ne vous trompez-vous pas vous-même ? Ne prenez-vous pas la pitié pour l'amour ?

— Je n'ai plus pitié... dit-elle dans un murmure, plus rien que la peur de vous perdre... Dites-moi que vous me voulez pour femme !...

Un sanglot de joie se brisa dans la poitrine du jeune homme. Comme le voyageur au bout de sa course, il oubliait les fatigues, les épreuves et les dangers de la route. Il demeura une minute dans le saisissement de son bonheur, incapable de dire une parole... Sous la lueur nacrée de la nuit, la jeune fille tournait vers lui un visage tout étincelant d'espérance amoureuse.

Il s'avança enfin. Une foi vaste et profonde comme les forêts emplit son âme, et quand il tint Clotilde contre sa poitrine, il sentit qu'il aimerait la vie jusqu'à sa dernière heure.

Quelques jours plus tard, le notaire Tardieu lisait aux hôtes des Aulnes le testament de Nauteuil :

« Moi, Jacques de Nauteuil, demeurant en mon château de Nauteuil, canton d'Armel, déclare léguer à mon neveu Hubert de Sauvaize, mon dit château de Nauteuil, avec son parc, ses forêts, son mobilier et ses fermes. Je lui lègue en outre une somme d'un million de francs, indépendamment d'une rente viagère de douze mille francs.

« Je lègue à Mlle Clotilde-Jeanne de Leuze, fille du baron Gustave-Pierre de Leuze et de Marguerite de Moreuil, sa femme, mes châteaux de Mauverre et de Grandcombe avec toutes leurs dépendances et contenus.

« Je lui lègue en outre une somme de deux millions de francs.

« Le demeurant de ma fortune sera attribué à Mme Marguerite-Armande de Leuze, née de Moreuil.

« C'est mon vœu suprême que mon neveu Hubert épouse Mlle Clotilde de Leuze.

« Fait et écrit entièrement de ma main, en mon château de Nauteuil, le cinq décembre mil huit cent quatre-vingt-dix-sept.

« Jacques-Auguste de NAUTEUIL. »

Moreuil s'était levé, nerveux, tandis qu'Hubert demeurait abasourdi. La vieille femme gardait toujours son calme.

Elle se contenta de dire :

— Je pardonne à M. de Nauteuil les torts moraux qu'il a eus à mon égard !

Cette fois, Moreuil ne put se contenir davantage. Il s'écria :

— Quels torts, ma sœur ?

— M. de Nauteuil a été mon fiancé, dit-elle fièrement. Il a forfait à sa parole.

Et elle unit, en silence, les mains de Clotilde et d'Hubert.

IMPRIMERIE CRÉTÉ
CORBEIL (S.-ET-O.)